LE COMPÈRE
GUILLERY

DRAME

EN CINQ ACTES ET NEUF TABLEAUX

PAR

VICTOR SÉJOUR

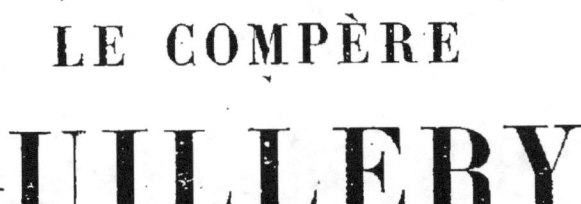

PARIS

MICHEL LÉVY FRÈRES, LIBRAIRES-ÉDITEURS

RUE VIVIENNE, 2 BIS

—

1860

COMPÈRE GUILLERY

DRAME

Représenté, pour la première fois, à Paris, sur le Théâtre de l'Ambigu-Comique,
le 3 mars 1860

OUVRAGES DU MÊME AUTEUR

DIÉGARIAS, drame en cinq actes, en vers, } joués au Théâtre
LA CHUTE DE SÉJAN, drame en cinq actes, en vers } Français.

ANDRÉ GÉRARD, drame en cinq actes, en prose, } joués au Théâtre
LES GRANDS VASSAUX, drame en trois époques, } de l'Odéon.
en prose,

RICHARD III, drame en cinq actes, en prose,

LES NOCES VÉNITIENNES, drame en cinq actes, } joués au Théâtre
en prose, } de la

LE FILS DE LA NUIT, drame en prose, en trois } Porte-Saint-
journées et un prologue en deux tableaux, } Martin.

LE PALETOT BRUN, comédie en un acte, en prose,

L'ARGENT DU DIABLE, comédie en trois actes, jouée au Théâtre
des Variétés.

LE MARTYRE DU CŒUR, drame en cinq actes, en prose, joué au
Théâtre de l'Ambigu-Comique

LA TIREUSE DE CARTES, drame en cinq actes et un prologue, en
prose, joué au Théâtre de la Porte-Saint-Martin.

Paris. — Imp. de Édouard Blot, rue Saint-Louis, 46

COMPÈRE
GUILLERY

DRAME

EN CINQ ACTES & NEUF TABLEAUX

PAR

VICTOR SÉJOUR

MISE EN SCÈNE DE M. ALBERT, MUSIQUE DE M. ALEXANDRE ARTUS,

DÉCORS DE MM. CHÉRET ET CHANET,

COSTUMES DESSINÉS PAR M. ALF. ALBERT ET EXÉCUTÉS PAR M. FRITZ ET Mme HANQUEZ

PARIS

MICHEL LÉVY FRÈRES, LIBRAIRES-ÉDITEURS

RUE VIVIENNE, 2 BIS

1860

PERSONNAGES

—

GUILLERY	MM. MÉLINGUE.
GASTON DE JUSSAC. . . .	CASTELLANO.
ROBERT	MACHANETTE.
GUILLAUME	FAILLE.
CHRISTOPHE.	PONTIS.
GOBÉUS	HOSTER.
MARTIN	CONSTANT.
KEROUEC	DORNAY.
UN MÉDECIN.	L. DÉSORMES.
EUSTACHE	LAVERGNE.
LE LIEUTENANT	MAXIME.
PREMIER SOLDAT	MARTIN.
DEUXIÈME SOLDAT.. . . .	RICHER.
TROISIÈME SOLDAT. . . .	MERCIER.
LE PASTEUR	GUILLOT.
UN ÉCUYER	DUCHEMIN.
UN PARTISAN	JOLY.
UN MUSICIEN	CHALBOZ.
UNE SENTINELLE	BOURSE.
UN ÉCUYER	JULES.
BLANCHE	Mmes EUGÉNIE SAINT-MARC.
LA DUCHESSE	MARIE DELAISTRE.
ANGELETTE	MILLA.
UNE GOUVERNANTE. . . .	COLIN.

Pour la mise en scène, s'adresser à M. Brierre, souffleur-copiste, et pour la musique
M. Alex. Artus chef d'orchestre, tous deux au théâtre.

COMPÈRE GUILLERY

ACTE PREMIER

—

La Chaise de Poste

—

Une forêt ; plusieurs routes. — La grotte de Saint-Médéric, à gauche.

SCÈNE PREMIÈRE

ROBERT, puis GOBÉUS, KÉROUEC et un BOURGEOIS.

ROBERT, arrivant.

Personne au rendez-vous. Aurait-on donné contre-ordre... (Examinant les lieux.) Non, aucun avertissement... Les pierres sont en place... Pas une branche brisée... — De là haut on aperçoit notre forteresse... Voyons si le drapeau d'alarme n'y flotte pas. (Il grimpe dans l'arbre et regarde.) Non. (Il va pour descendre et s'arrête en entendant la voix de Gobéus.) Quelqu'un !
(Il se cache derrière une branche. — Kérouec sort de la grotte suivi du Bourgeois, et de Gobéus.)

GOBÉUS, de l'escalier, aux gens de la grotte.

Oui, madame la duchesse, oui, ce sera fait. (Remontant.) Elle ne m'entend pas. Une fois dans ce souterrain, on est comme à cent pieds sous terre. (Aux Bourgeois.) J'ai bien fait de m'être détourné de mon chemin et de vous avoir suivi. La merveil-

1

leuse chose que cette grotte de Saint-Médéric. Je comprends les pèlerinages qu'on y fait. Grâce aux porte-flambeaux de la duchesse...

KÉROUEC, l'interrompant.

Avez-vous vu les stalactites du coin?

GOBÉUS, se rengorgeant.

Ce sont des stalagmites.

KÉROUEC.

Ah! père Gobéus, vous voilà bien... toujours à cheval sur les mots... — et pourquoi des stalagmites?

GOBÉUS.

Parce que ne sont pas des stalactites, voilà tout.

KÉROUEC, lui tournant le dos.

Oh! (Aux Bourgeois, bas.) Un écrivain public... un ancien fruit sec de la basoche de Rennes...

(Il lui prend le bras et s'éloigne avec lui en grommelant.)

GOBÉUS, boutonnant son habit.

Il ne fait pas trop chaud... (Aux deux Bourgeois.) Vous retournez à Rennes, moi aussi, attendez donc!... (Les Bourgeois continuent leur chemin.) Ah! monseigneur Gaston de Jussac!

(Gaston arrive ; Gobéus s'arrête en l'apercevant et le salue profondément.)

SCÈNE II

GOBÉUS, GASTON, ROBERT, dans l'arbre.

GASTON.

Vous ici, monsieur Gobéus?

GOBÉUS.

Je viens de vendre un missel au curé du village voisin. En passant je n'ai pu me défendre de visiter la grotte de Saint-Médéric.

GASTON.

Vous avez dû y rencontrer la duchesse de Chaulnes?

GOBÉUS.

J'ai eu cet honneur, monsieur le comte. Elle vous attend avec impatience.

GASTON, à part.

Il faut encore la ménager. (A Gobéus, après avoir regardé autour de lui.) Eh bien, est-ce fait?

GOBÉUS.

Ce sera prêt demain soir. L'écriture est difficile à imiter.

ROBERT, dans l'arbre; à part.

Hein!

(Il écoute.)

GASTON.

Demain?

GOBÉUS.

Nous ne sommes pas en retard, monsieur le comte : mademoiselle Blanche de Penhoël est née le 16 novembre 1584, nous sommes au 14 novembre 1604, vous avez donc quarante-huit heures, vous voyez, pour lui remettre la lettre que le comte de Penhoël, son père, vous a confiée en mourant, ou celle par laquelle nous la remplaçons; car, si je vous ai bien compris, pour exécuter la volonté du mort, la chose ne peut même se faire que le jour où mademoiselle de Penhoël accomplirait sa vingtième année?

GASTON.

C'est vrai. Mais qu'est-ce que ce bruit?

GOBÉUS, regardant.

Un cavalier qui met pied à terre.

GASTON, regardant.

Mon écuyer!...

(L'écuyer arrive.)

L'ÉCUYER, à Gaston, en lui remettant un pli.

Un message pressé venant de Paris.

GASTON, ouvrant le message, à part, avec satisfaction.

De monsieur de Sully! (Lisant.) « Je vous envoie votre brevet de
» lieutenant-colonel et l'ordre de lever de nouvelles recrues.
» Quant à la lieutenance de roi en Bretagne, vous l'obtiendrez
» en épousant mademoiselle de Penhoël. » (A lui-même.) Blanche!...
ah! comme je l'aimerai pour m'excuser à mes propres yeux de
l'avoir un instant recherchée et désirée par ambition. (Lisant.)
« Mais ne vaut-il pas mieux justifier cette faveur par un nou-
» veau service rendu au Roi? » (A lui-même.) Voyons! (Lisant.) « Les
» Guillery, de jour en jour, deviennent plus dangereux et plus
» menaçants. Ils ont douze cents hommes sur la frontière du
» Poitou; cinq escadrons faisant sept cents hommes effectifs
» aux environs de Rennes; plus, leur château fort des Guillery
» et la ferme du Ravin. Voyez à les soumettre. Je vous envoie
» par le courrier la somme nécessaire à la formation de nou-
» velles compagnies de troupes réglées. Ce étant, bonne
» chance, et Dieu vous garde! » (A l'Écuyer.) C'est bien! (L'Écuyer
s'éloigne.) Vive Dieu! messieurs les rebelles, si vous tenez à vos
têtes, je tiens à ma lieutenance, moi, prenez garde! (A Gobéus.)
Mademoiselle de Penhoël sera ce soir à Rennes.

GOBÉUS.

Bien. J'aurai donc l'honneur d'aller demain porter moi-
même à monsieur le comte l'original et la copie; c'est-à-dire
la lettre que monsieur le comte m'a confiée pour modèle et
celle que nous avons imaginée.

GASTON.

Non, j'irai vous les demander. Vous serez content de moi.

GOBÉUS.

Je le crois sans peine, monsieur le comte; à moi seul, j'aurai
plus fait pour votre mariage que le curé et le père ensemble;
le père, par exemple, conseille simplement à sa fille de vous
épouser...

GASTON.

Bien! bien!

GOBÉUS.

Tandis que moi, dans la lettre que je vais...

GASTON.

Oui, je comprends !

GOBÉUS.

Je le lui ordonne, sous peine de malédiction.

GASTON, lui tournant le dos.

Parbleu! je le sais bien ! (Il descend dans la grotte; — d'une des marches de l'escalier.) A demain soir !

(Il entre dans la grotte.)

GOBÉUS, le suivant en descendant quelques marches.

Mon échoppe est sur la petite place du faubourg de Rennes, à droite, adossée à l'église. (A lui-même.) Allons, en route !

(Il s'éloigne.)

ROBERT, de son arbre.

Les coquins! (Il descend.) Ont-ils de l'imagination ces drôles-là! et dire que leur secret ne peut me servir à rien. (Écoutant.) Non! ils se sont trompés d'heure, sans doute. (Un cri au loin.) Ah! ah! du côté de l'occident, c'est Christophe!

(Christophe arrive.)

SCÈNE III

ROBERT, CHRISTOPHE, puis GUILLAUME.

CHRISTOPHE.

Salut, frère! Pourquoi ce rendez-vous ici?...

ROBERT.

Par prudence... on nous prendra pour des curieux ou des pèlerins qui veulent visiter la grotte de Saint-Médéric. (Écoutant.) Guillaume, sans doute.

(Arrive Guillaume.)

GUILLAUME, arrivant.

Mort de ma vie! j'ai failli me casser la jambe en sautant par-dessus une fondrière. (A Christophe.) Comment vous va?... Où est le Compère?

CHRISTOPHE, riant.

Bon, le Compère?... Mais toujours en retard, vive Dieu!

S'il n'est pas à ferrailler dans un coin contre un mari ou un amant, il est sûrement à conter fleurette à la femme de l'un ou à la maîtresse de l'autre.

GUILLLAUME, à Robert.

Combien d'hommes aurons-nous?

ROBERT.

Trente. Mais tu sembles être au fait. Le Compère t'a donc confié?...

GUILLAUME.

Oh! rien du tout... il m'a seulement dit que tu avais conçu un plan à désespérer nos ennemis, et que tu nous conterais cela au moment de l'entreprise, à la grotte de Saint-Médéric?

ROBERT.

Je m'expliquerai devant lui... (A Christophe, en lui désignant la rosett qu'il porte à son habit.) Hein! mais qu'est-ce que ça?

CHRISTOPHE.

Ça? mais c'est le signe par lequel se reconnaîtront les protestants.

ROBERT, riant, à Guillaume.

L'entends-tu? (A Christophe.) Mais puisque nous tenons pour la Ligue, maintenant?

CHRISTOPHE, arrachant sa rosette.

Ah! c'est vrai... J'avais oublié... Nous sommes avec Mayenne, j'aime mieux cela. On est né Guillery et gentilhomme, vrai Dieu! et on ne tient pas à être excommunié. Pourvu que ce diable de Compère ne nous fausse pas compagnie!

GUILLAUME.

Au moment d'une bataille? Tu es fou, Christophe; — et toi aussi, Robert. — Parce que nous sommes ses frères, vous vous croyez le droit de le calomnier. Pauvre cher Compère! C'est un fou, je le veux bien; mais un fou qui tient une épée comme un héros! et quel entrain dans le danger! Je l'ai vu monter à l'assaut son épée entre les dents, comme s'il grimpait à une échelle de soie au balcon de sa maîtresse... et cependant les balles pleuvaient comme grêle et les coups d'estocade tombaient dru!... Et ce fantassin qu'il a fendu d'un coup de sabre! Mais, en revanche, il s'est jeté dans une tour en flammes pour sauver un enfant de la mort. Il est ainsi : du bon et du mauvais; du lion et de l'agneau; de l'aigle dans le regard et de la panthère dans les pieds; il regarde comme l'un et bondit comme l'autre, gare dessous!

(On entend chanter le biniou, et une noce bretonne débouche par l'allée haute de la forêt; Guillery donne le bras à Angelette, la mariée; il a un gros bouquet à son justaucorps.)

GUILLAUME.

Bon! le voilà d'une noce, maintenant!

SCÈNE IV

LES MÊMES, GUILLERY, ANGELETTE, MARTIN, LA NOCE.

MARTIN, à la noce, en montrant Guillery.

Oh! il peut parler bas à ma femme... C'est un ami... c'est le capitaine Guillefort... Figurez-vous qu'il nous est tombé une nuit... il était blessé... par qui?... C'est ce que nous ne savons pas encore... mais nous l'avons tout de même soigné et guéri, Angelette et moi... et le voilà plus fort et plus beau que jamais. (Donnant la main à Guillery.) Pas vrai, capitaine?

GUILLERY, lui serrant la main.

Parbleu! (Bas à Angelette.) Mariée à ce butor?

ANGELETTE.

Dame, vous n'avez pas voulu m'épouser.

GUILLERY.

Es-tu toujours peureuse?

ANGELETTE.

Peureuse! C'est le père Jean qui m'a fait cette réputation, parce qu'une nuit le vent se lamentait dans les herbes, tant et tant que j'ai fini par trembler et me trouver mal.

LE MUSICIEN, voulant se remettre en marche.

Second couplet !

MARTIN.

Mais attends donc!

GUILLERY, à Angelette.

Te souviens-tu du moulin?

ANGELETTE.

Étais-je bête, hein, de prendre des sacs de farine pour des fantômes et de me jeter dans vos bras?

LE MUSICIEN, voulant s'en aller.

Second couplet!

MARTIN, le retenant.

Est-il enrageant!

GUILLERY, bas, à Angelette.

Tu t'en repens?

ANGELETTE, rougissant.

Assez causé, je suis mariée maintenant.

MARTIN, à Guillery, en s'approchant.

Qu'est-ce que vous lui dites donc là?

GUILLERY.

Oh! je lui fait un petit sermon sur les devoirs du mariage.

MARTIN.

C'est bien, l'ami, ça ne peut pas nuire.

LE MUSICIEN.

Second couplet!

GUILLERY.

Tais-toi, drôle, Angelette va nous chanter la chanson que je lui ai apprise.

MARTIN.

C'est cela! Et nous danserons sur le refrain! Allons, Angelette, chante!

ANGELETTE.

Je le veux bien.

(Elle chante.)

Il était un p'tit homme
Qui s'appellait Guillery
Carabi;
Il s'en fut à la chasse,
A la chasse aux perdrix
Carabi.
Toto, carabo,
Toto carabi
Compère Guillery,
Te lairas-tu (bis) mouri?

TOUS.

Compère Guillery,
Te lairas-tu (ter) mouri?

MARTIN.

Second couplet!

ANGELETTE.

Il monta sur un arbre
Pour voir ses chiens couri,
Carabi;
La branche vint à rompre,
Et Guillery tombi,
Carabi.
Toto, carabo, etc.

TOUS.

Compère Guillery, etc.

ANGELETTE.

Les dam's de l'hôpital
Sont arrivées au bruit,
Carabi.
L'une apporte une emplâtre,
L'autre de la charpi,
Carabi.
Toto, carabo, etc.

TOUS.

Compère Guillery, etc.

(Sur la ritournelle, Guillery repousse Martin, qui dansait avec Angelette, et prend sa place.)

ROBERT, à Guillaume.

Et voilà le capitaine des Guillery.

GUILLAUME.

Plains-toi donc!... un vaillant dont les hommes ont peur, et dont les femmes raffolent.

GUILLERY.

Quatrième couplet.

ANGELETTTE.

Ah! mais je ne m'en souviendrai peut-être plus?

MARTIN.

C'est vrai, elle ne s'en souviendra peut-être plus.

GUILLERY.

Je le lui soufflerai.

MARTIN, aux gens de la noce.

Oh! il va souffler ma femme!

ANGELETTE.

Pour remercier ces dames,
Guillery...
        (Hésitation d'Angelette; Guillery l'embrasse.)
    Les embrassi,
   Carabi.
Ça prouv' que par les femmes,
L'homme est toujours guéri,
   Carabi.
   Toto, carabo,
   Toto, carabi,
  Compère Guillery,
Te lairas-tu (ter) mouri?

TOUS, en chœur.

Compère Guillery,
Te lairas-tu (ter) mouri?

MARTIN.

Maintenant, en route !

GUILLERY, reprenant le bras d'Angelette.

En route !

CHRISTOPHE, lui tirant son habit, bas.

Eh bien ?

GUILLERY, se retournant.

Quoi ? Qu'est-ce ?

ROBERT.

Faut-il te crier tout haut ce que nous avons à te dire ?

GUILLERY, se rappelant.

Ah !... (A part.) Le diable les emporte ! (A Angelette.) Vous permettez, chère enfant... Ces cavaliers m'attendaient...

MARTIN.

Alors, au revoir ! nous allons habiter Rennes ; nous entrons en service chez monsieur de Trailles, le tuteur de mademoiselle de Penhoël... Vous devez le connaître ? Enfin si vous passez par là... (Fausse sortie.) Eh bien capitaine, vous n'embrassez pas ma femme ?

(Guillery embrasse Angelette.)

ANGELETTE, prenant le bras de Martin et l'entraînant.

Allons, viens !

(La noce reprend sa marche et disparaît.)

GUILLERY, les suivant des yeux.

Cette Angelette !... C'est qu'elle est toujours jolie... — plus jolie !... Oh ! les femmes, c'est étonnant comme elles embellissent lorsqu'elles deviennent les femmes des autres !

SCÈNE V

GUILLAUME, GUILLERY, CHRISTOPHE, ROBERT.

GUILLAUME, tapant sur l'épaule de Guillery.

On te reconnaît là !... — mais embrasse-moi en attendant.

GUILLERY, l'embrassant.

Mon bon Guillaume!

GUILLAUME, le tenant toujours dans ses bras.

Mais ton rêve, ta passion?...

ROBERT.

Au fait, la jeune fille de la barque?

CHRISTOPHE.

Que tu n'as jamais revue et que tu adores?...

GUILLAUME.

Que tu adores comme une vision, et que tu oublies comme un rêve toutes les fois que tu tombes en arrêt devant deux beaux yeux?

GUILLERY.

Bien, bien, raillez!... (A Guillaume.) Méchant garnement, raille aussi, toi... (A tous.) Mais rassurez-vous, mon rêve ne me tuera pas. Pour me guérir, j'ai le fugitif et gai sourire des beautés faciles.

CHRISTOPHE.

Belle philosophie, qui te permet d'aimer toutes les femmes!

GUILLERY.

Douce philosophie, qui me permet de les oublier!...

ROBERT.

Çà, voyons, n'avons-nous pas autre chose de plus sérieux dans la vie?... n'avons-nous pas...

GUILLERY.

Quoi?... des arquebusades? des coups d'épée? des assauts gigantesques où l'on s'élance l'épée aux dents et le pistolet au poing?... Mais c'est la poésie du danger, ça, comme l'amour est la poésie du bonheur... Nous sommes d'un temps où les vaillants mènent tout cela de front.

ROBERT.

Oui! le duc de Mercœur, par exemple?

GUILLERY.

Le duc de Mercœur est peut-être un homme usé ; mais à coup sûr le duc de Lorraine, notre ancien chef, est un gaillard ; et le duc de Parme un galant ; et Henri IV un débauché... Oui, coureurs de ruelles, galantins d'alcôves, les voilà !... Ce qui n'empêche pas que Philibert de Lorraine soit un héros, Alexandre Farnèse un grand capitaine, et Henri IV roi de France, à notre nez et à notre barbe, et qu'il n'ait battu Mayenne, que nous soutenons.

ROBERT.

On connaît ton faible pour le Béarnais.

GUILLERY.

On m'appelle le Compère, on le surnomme le *Vert-galant,* nous étions faits pour nous entendre.

ROBERT.

Tu oublies donc la mort de notre mère ?

GUILLERY, devenant sombre.

Sang-Dieu ! ne répète jamais ce mot-là, entends-tu !

GUILLAUME, vivement.

Voyons, voyons... — causons de nos affaires... (A Robert.) Tu nous as fait venir, pourquoi ? -

ROBERT.

Écoutez !... non, attendez ! (Il descend l'escalier de la grotte et revient aussitôt.) J'ai fermé la porte de la grotte pour plus de sûreté. J'ai reçu avis que le roi envoyait des sommes considérables au lieutenant général de Bretagne. Ces sommes seraient spécialement consacrées à la formation d'un nouveau corps de troupes réglées. Donc, si nous pouvions mettre la main sur la voiture... — une voiture à la livrée royale et qui doit passer par la forêt au plus tard dans une heure. — Il est évident...

GUILLERY.

Qu'une bataille gagnée ne vaudrait pas mieux, et qu'avec l'argent du Roi nous payerions nos troupes qui murmurent. A leur place, j'en ferais bien autant. Donc, à l'œuvre ! Toi, Christophe, tu iras t'embusquer avec dix hommes au tournant des ruines; toi, Guillaume, au détour du chemin de la Croix, avec une force égale ; et toi, Robert, avec dix des nôtres au carrefour du Nord; enfin, moi le Compère, je reste ici... J'ai cinq hommes cachés dans les taillis, plus, mes deux nouvelles recrues... de cette façon nous tenons les quatre points cardinaux.,. Si l'argent du Roi passe, ma foi! il aura des ailes. — Au bruit de la mousquetade, chacun se repliera sur le lieu du combat... Allez !...

(Sortent les trois frères.)

SCÈNE VI

GUILLERY, seul.

Ah! monsieur le lieutenant général, vous nous traitez en bandits quand nous faisons une guerre de partisans!... Ah! vous mettez nos têtes à prix sous prétexte que nous sommes le dernier rempart de la Ligue... Mais quand nous étions le dernier rempart du calvinisme, vous nous traquiez aussi comme des loups! Allons, vous êtes un sot : pourvu qu'on soit le rempart de quelque chose, on devrait être respecté. (S'asseyant.) Attendons!... (Se levant.) Attendre, voilà l'ennui!... Ah! la belle soirée pour se battre!... Je me sens en verve aujourd'hui! (Se retournant.) Hein?... (La duchesse sort de la grotte précédée de ses valets galonnés et portant des torches. Gaston l'accompagne. — Guillery ébloui.) La merveilleuse apparition !...

(Il s'assied à l'écart.)

SCÈNE VII

LES MÊMES, LA DUCHESSE, GASTON.

LA DUCHESSE, à Gaston.

Ma journée n'est pas perdue, cette grotte est vraiment curieuse.

GUILLERY, à part.

La radieuse beauté !

LA DUCHESSE, à un valet.

Ma chaise... (Le valet sort. — A Gaston.) Irez-vous au-devant de mademoiselle de Penhoël?

GASTON.

Non...

LA DUCHESSE.

Elle arrive ce soir?

GASTON, à part.

Serait-elle jalouse?... (Haut.) Oui, ce soir. J'ai beaucoup connu son père. J'ai reçu son dernier soupir, voilà trois ans, dans une bataille livrée en Vendée.

LA DUCHESSE.

Mais n'est-ce pas vous qui avez conduit Blanche de Penhoël au couvent après la mort de sa mère?...

GASTON.

Oui, à Sainte-Claire. Elle a voulu y faire son deuil. Elle en sort aujourd'hui pour vivre chez le comte de Trailles, votre oncle et son tuteur...

LA DUCHESSE.

Oui, et votre ami.

LE VALET, revenant; à la Duchesse, en lui montrant la chaise qu'on apporte.

Madame la duchesse...

LA DUCHESSE.

Bien!...

GUILLERY, à part.

On se damnerait pour elle volontiers.

LA DUCHESSE, s'arrêtant.

Mais qu'est-ce donc que cette aventure dont on a tant parlé... vous savez, cette tempête où un inconnu vous a sauvé, vous et mademoiselle de Penhoël, entre Sen et Ouessant?...

GASTON.

Oh! rien... une bouffée de vent... Une sorte de pêcheur nous a prêté son esquif, c'est vrai... mais cela m'a coûté dix louis d'or que j'avais dans ma bourse.

LA DUCHESSE.

Ah!... (Faisant quelques pas et s'arrêtant.) On m'a assuré que monsieur de Penhoël vous avait confié en mourant une lettre... Que dans cette lettre, il est question d'alliance... Bref, que vous épouseriez Blanche de Penhoël au besoin... Voyons, comte, faites la part du feu : que reste-t-il de vrai dans tout ceci?...

GASTON.

Rien!...

LA DUCHESSE.

Je l'avais pensé... (Gaston remonte la scène. — La Duchesse, à part.) Il ment...

[Elle se dirige vers sa chaise conduite par Gaston, les porteurs de torches se rangent sur son passage. — Guillery se lève, puis arrache une torche des mains de l'un d'eux et va se camper devant la chaise en éclairant la Duchesse.)

GUILLERY, à la Duchesse.

Quand on est aussi belle que vous, madame, on doit être éclairée par un gentilhomme : la première des royautés, c'est la beauté.

GASTON.

L'insolent!

GUILLERY, se retournant.

Hein?

LA DUCHESSE.

Venez, comte!...

GUILLERY.

Mille pardons, madame... J'aurais deux mots à dire à ce gentilhomme, si vous le permettez?...

LA DUCHESSE, à part.

Le singulier personnage! (Elle entre dans sa chaise.)

(On enlève la chaise.)

SCÈNE VIII

GUILLERY, GASTON.

GASTON.

Qu'est-ce donc?...

GUILLERY.

Oh! moins que rien, monsieur... (A part.) Où ai-je vu cet homme?...

GASTON.

Vite, dépêchons.

GUILLERY.

Vous avez laissé tomber un mot... (A part.) Mais, c'est lui!

GASTON.

Un mot qui vous a blessé, après?

GUILLERY.

Après?... (A part.) C'est bien lui.

GASTON.

Dans une heure, derrière les dunes, est-ce dit?

GUILLERY.

Pardon, expliquons-nous d'abord : si je vous tue, je veux que vous sachiez les deux raisons qui me feront agir, car il en existe une en dehors de l'insulte que vous venez de me faire...

GASTON.

Ah!...

GUILLERY.

Et si je vous épargne, je veux que vous en sachiez la cause.

GASTON.

Sera-ce long?

GUILLERY.

Une histoire sur mer, entre Sen et Ouessant.

GASTON, à part.

Ouessant?

GUILLERY.

Une barque portait trois personnages : une vieille, dame assise soutenant sur son épaule une jeune fille languissante et pâle; et, debout à la proue, un homme inquiet, interrogeant du regard les premiers symptômes d'un orage. Cette barque, dans une tempête, devait sombrer sous la charge qu'elle portait. Voilà ce que pensait un inconnu étendu dans son esquif...

GASTON, à part.

Serait-ce lui?... (Haut.) Continuez.

GUILLERY.

Ce fut bientôt une lutte terrible entre les éléments. L'éclair de la lame se mêlait aux éclairs de la nue, et le rugissement des vagues aux clameurs du vent et à l'éclat de la foudre. Devant cette convulsion de la nature, la jeune fille s'évanouit. La barque allait sombrer quand l'esquif rama vers elle... L'inconnu jeta ses grappins... une échange se fit... l'inconnu garda la barque, et les trois voyageurs disparurent derrière les hautes lames qui les emportaient. Ils étaient sauvés. La jeune fille était restée évanouie; et l'homme, pour remercîment, avait jeté sa bourse à l'inconnu. C'était une misérable façon de reconnaître un bienfait. Cet inconnu, c'est moi, et cet homme, c'est vous. Vous me seriez sacré si vous étiez le frère de cette jeune fille?...

GASTON.

D'où la connaissez-vous?...

GUILLERY.

Je ne la connais pas; je ne l'ai jamais revue.

GASTON.

Vous l'aimez peut-être?...

GUILLERY.

Êtes-vous son frère?...

GASTON.

Non.

GUILLERY.

Son parent?...

GASTON.

Non.

GUILLERY.

Alors, dans une heure.

GASTON.

Dans une heure.

(Il s'éloigne.)

SCÈNE IX

GUILLERY, seul.

Il l'aime !... Quelle peut être cette jeune fille ?... Eh ! qu'importe... une enfant qui ne m'a même pas vu... dont la reconnaissance ne plaidera même pas pour moi !... Si c'était sa femme !... Je suis jaloux, je crois !... Non, mais je le tuerai, ne fût-ce que pour connaître celle qui le pleurera !... Ah ! je suis fou !... Allons, occupons-nous de notre entreprise !... (Visitant ses armes.) Mes armes sont en état !... (Il prête l'oreille.) Hein !... non, c'est le vent !... (A un soldat qui paraît au haut d'une montée.) Morbleu ! cache ton mousquet, il reluit au clair de la lune ! (Prêtant l'oreille.) Je crois entendre le grelot des chevaux et le claquement du fouet !... En avant !...

SCÈNE X

LES MÊMES, BLANCHE, UN POSTILLON, UN DOMESTIQUE, sur le siége; DEUX CAVALIERS à cheval aux côtés de la voiture.

(Guillery s'élance à la tête des chevaux un pistolet à la main; ses hommes entourent la voiture.)

GUILLERY, aux cavaliers.

Ne bougez pas !... La résistance est inutile... Voyez !...

(Il montre ses hommes.)

(Au moment où Guillery s'approche, la portière s'ouvre. Blanche, vêtue de blanc, paraît debout sur le marchepied.)

BLANCHE, aux cavaliers.

Ne résistez pas, messieurs !... Votre vie est plus précieuse au roi que quelques pièces d'or !

GUILLERY.

C'est elle !...

BLANCHE, à part.

Ma voiture s'est brisée, vous m'avez offert une place dans la vôtre, je vous ai porté malheur.

(Elle descend.)

GUILLERY, balbutiant.

Vous ?... Au contraire, mademoiselle... si vous saviez !... Je... je... (A part.) Je suis tout interdit.

BLANCHE, à Guillery.

Prenez, monsieur.

(Elle désigne la voiture.)

GUILLERY, se découvrant.

Oh ! mademoiselle... Nous ne sommes pas des voleurs !... (A part.) Qu'elle est belle !...

BLANCHE.

Alors...

GUILLERY.

Rassurez-vous... Nous ne vous voulons aucun mal.

BLANCHE.

Enfin !...

GUILLERY, embarrassé.

Mon Dieu !... mademoiselle... C'est vrai, j'ai tort... j'ai été brutal... grossier... Mais je suis un homme plus rompu au métier des armes qu'aux belles manières, pardonnez-moi.

BLANCHE.

Soit, parlez !...

GUILLERY.

Eh bien, tenez, franchement... (A part.) Diable ! c'est difficile à expliquer. (Haut.) Je veux vous dire... que vous courez un danger !... Oh ! pas ici... pas près de moi... mais dans la forêt !... (Vivement.) Au bout de cette allée, dix hommes sont postés qui vous attendent... je le savais !... Au bout de celle-là, dix autres, et encore dix autres au bout de celle-ci. J'ai arrêté votre voiture pour vous avertir ! La route qu'il faut prendre est de ce côté... Suivez-la... et vous arriverez au but de votre voyage sans autre accident que ma trop brusque rencontre.

BLANCHE.

Quoi! monsieur, c'est pour cela?...

GUILLERY.

Oui, mademoiselle... êtes-vous rassurée?...

BLANCHE.

Ah! monsieur, soyez béni! — Je suis Blanche de Penhoël; quel est votre nom?...

GUILLERY.

Jean Guil... Je me nomme Jean Guillemain, mademoiselle...

BLANCHE.

J'ai contracté envers vous une dette de reconnaissance dont je resterai éternellement désireuse de m'acquitter, monsieur...

GUILLERY.

Oh! non, mademoiselle, non, vous ne me devez rien... Dites-moi seulement que vous m'avez pardonné la frayeur que je vous ai causée, et je serai assez payé.

BLANCHE.

Si je vous ai pardonné! Adieu, et merci encore!... Vous n'aurez pas sauvé une ingrate... (Guillery ouvre la portière, Blanche remonte en voiture et lui tend la main par la portière.) Au revoir!

GUILLERY, lui baisant la main.

Oui, au revoir! (La voiture s'éloigne. — Aux soldats.) Rentrez, l'expédition est finie!...

(Les soldats sortent.)

SCÈNE XI

GUILLERY, seul.

Ah çà! mais je rêve!... Et j'ai osé lui baiser la main... moi!... Oh! tout se trouble, tout se confond dans ma tête!... Angelette!... La duchesse!... Eh! que m'importent ces femmes!...

Mon cœur se réveille dans un sentiment nouveau!... Blanche!... Blanche!... Ah!... sa vue efface toutes les autres!...
Sa voix... une musique!... Ah! Dieu me damne, j'aime!

SCÈNE XII

GUILLERY, CHRISTOPHE, ROBERT, GUILLAUME.

Ils arrivent à pas de loup les uns après les autres.

CHRISTOPHE.

La voiture a passé par ici!

GUILLERY.

Ah! vous voilà? Vous m'avez fait faire une belle équipée...
Pour rester à mon poste, j'ai manqué à un rendez-vous d'honneur. Vive Dieu! il y a de par le monde un homme qui me
croit un lâche, vantez-vous-en!

ROBERT.

On sait bien que le Compère Guillery n'a jamais boudé à
un coup d'épée... La voiture?...

GUILLAUME.

L'argent?

GUILLERY.

La voiture?... Eh bien, elle roule en paix sur la route de
Rennes; l'argent... (Montrant ses mains vides.) voilà...

TOUS.

Comment?...

GUILLERY.

Eh! que diable, je m'attendais à une lutte, moi... je
croyais trouver une douzaine de soldats pour se défendre... Au
lieu de cela qu'ai-je vu?... Un postillon, deux hommes poltrons,
un vieux domestique infirme et une femme... nous étions
six... je ne me bats pas contre des femmes... Ah! mes amis,
qu'elle était jolie dans son trouble, pâle, effarée, tremblante!...
Elle m'offrait tout ses bijoux, les larmes aux yeux, la pauvre
petite!... Et sa voix donc?...

GUILLAUME.

Enfin, qu'as-tu fait?...

GUILLERY.

Ce que j'ai fait?... Parbleu ! j'ai ôté respectueusement mon feutre devant elle, et je lui ai dit : « Mademoiselle, au bout de cette route, il y a des brigands qui vous attendent. »

ROBERT.

Comment ! tu as...

GUILLERY.

Oh ! je l'ai dit. — J'ai même ajouté : « Au bout de celle-ci, il y a des sacripans qui vous guettent; au bout de celle-là des bandits !... Allez donc votre chemin sans crainte, je vous protége !...» Là-dessus, je l'ai poliment priée de remonter dans sa voiture... J'ai baisé humblement le bout de ses doigts, et elle est partie!

ROBERT.

Il est fou!...

GUILLERY.

Eh ! parbleu, oui, puisque je l'aime !...

TOUS.

Encore une autre !...

ROBERT, ricanant.

Ah ! tu l'aimes?...

GUILLERY.

Comme je n'ai jamais aimé !...

ROBERT.

Alors, frotte-toi les mains... Elle se nomme Blanche de Penhoël, ton infante... Tu as laissé passer la colombe qu'un autre oiseleur attend.

GUILLERY.

Que veux-tu dire?

ROBERT.

Gaston de Jussac.

GUILLERY.

Les Jussac et les Penhoël sont des maisons ennemies!

ROBERT.

Oui, au temps jadis. Mais César de Penhoël, en mourant, a laissé une lettre pour sa fille, par laquelle il la supplie de choisir Gaston pour époux.

GUILLERY.

Prière n'est pas loi...

ROBERT.

Oui, mais Gaston est homme de précaution. Si le père a écrit : « Je t'en prie, » il fera mettre à la place : « Je l'ordonne! » Il trouvera pour cela vingt experts en falsification d'écriture... entre autres Gobéus l'écrivain public de Rennes, avec qui il s'entendait là tout à l'heure!...

GUILLERY, hors de lui.

Ah! elle se marie!...

GUILLAUME.

N'est-elle pas libre?...

GUILLERY.

Ah! elle épouse cet homme!

CHRISTOPHE.

As-tu des droits sur elle?...

GUILLERY.

Je la retrouverai!...

ROBERT.

Bon, tu crèverais ton meilleur cheval pour rattraper sa voiture?...

GUILLERY.

Je le ferai!...

GUILLAUME.

Non, il irait à pied!...

GUILLERY.

J'irai!...

ROBERT.

Tu feras mieux, tu iras la chercher jusqu'à Rennes... à Rennes, où ta tête est mise à prix?...

GUILLERY.

Mort de ma vie! j'irai la chercher jusqu'en enfer, s'il le faut!...

FIN DU PREMIER ACTE

ACTE DEUXIÈME

—

PREMIER TABLEAU
Le Duel

—

Une place dans un des faubourgs de Rennes ; la Cathédrale, à droite ; une échoppe d'écrivain public adossée à la Cathédrale ; un cabaret à gauche, portant pour enseigne : *A l'Étoile d'Or;* des rues à gauche et à droite se perdant au loin.

SCÈNE PREMIÈRE

LA DUCHESSE, puis EUSTACHE, puis GUILLERY, LE PRÉVOT DES ARCHERS, DES ARCHERS, KÉROUEC, DES BOURGEOIS, DES ARTISANS.

(Au lever du rideau, Eustache rentre des brocs de vin dans le cabaret ; un garçon l'aide. — La duchesse arrive toute troublée ; elle traverse rapidement le théâtre, puis revient sur ses pas ; elle est voilée.)

LA DUCHESSE, revenant sur ses pas.

Non !... mon chemin est de ce côté... Ah ! j'étais seule au rendez-vous, cette fois !... Oh ! Gaston, Gaston ! je ne croyais pas tant l'aimer !... Je sens là que tout est fini !... Non-seulement il épousera Blanche, mais il ne m'aime plus !... J'ai besoin de pleurer !... Une église, entrons !...

(Elle entre dans l'église.)

EUSTACHE, au garçon.

C'est fait.

(Il va pour rentrer ; on entend des cris, puis toute une cohue de populace rugissante envahit la place à la suite du prévôt et de ses gardes ; le prévôt monte sur un banc. — Guillery est parmi eux, s'extasiant de leurs clameurs. — Roulement de tambours. — Deux des gardes remontent le théâtre, l'un par la droite, l'autre par la gauche, et sonnent de la trompette.)

EUSTACHE, s'arrêtant.

Voilà ce qui s'appelle un beau cri à sons de trompe...

(Il écoute.)

LE PRÉVÔT, déroulant un parchemin et lisant.

« Nous, Henri... »

(Il tousse. — Murmures.)

KÉROPEC, au peuple.

Taisez-vous !

LE PRÉVÔT, lisant.

« Nous, Henri... »

(Il est pris d'une quinte.)

LE PEUPLE, en tumulte.

Lisez ! lisez !... Lisez pour lui !... Qu'on lise pour lui !...

(Le Prévôt tousse toujours.)

GUILLERY, à part.

Pauvre cher homme !... (Au Prévôt.) Vous courez la ville depuis trois heures lisant et relisant la mise à prix de la tête de cet infâme Guillery, vous devez être fatigué, monsieur le prévôt, j'ai la voix bonne, je vais vous remplacer, donnez !

(Il prend le parchemin, monte sur le banc, puis prend le Prévôt et le dépose par terre.)

LE PRÉVÔT.

Monsieur le capitaine... je le veux bien...

(Il tousse.)

LE PEUPLE, applaudissant.

Bravo ! bravo !

GUILLERY.

Mort de ma vie !... silence, tas de truands ! silence !

GUILLAUME, à part.

Il me fait trembler !

GUILLERY, montrant le parchemin.

Ceci porte l'attache du lieutenant de roi et l'attache de la prévôté de Rennes, découvrez-vous !... (Tout le monde se découvre.) C'est bien !... (Il lit.) « Nous, Henri de Bourbon, gouverneur « de Bretagne, pour crime de lèse-majesté et de trahison,

» mutinerie, méfaits, incendies, crimes, viols, pilleries, vole-
» rie, etc., etc. » (A part.) Qu'est-ce qui manque donc ?... (Lisant.)
« Dévouons à la vindicte publique les têtes des Guillery !... »
(A part.) Avec cela qu'ils se laisseront faire !... (Lisant.) « Qu'on
» les traque comme des loups ; qu'on les tue comme des
» chiens ; au ban de l'Église, ces misérables sont aussi au
» ban du royaume ; quant à leur chef, sa tête est mise à prix
» de trois mille écus. » (Au peuple.) Trois mille écus, entendez-
vous ? trois mille écus pour une seule tête, et qui n'est pas
difficile à prendre !... Réfléchissez, braves gens !... ça en vaut
la peine, réfléchissez, réfléchissez !...

(Il descend.)

LE PEUPLE, exalté.

Vive le capitaine !... Mort aux Guillery !...

GUILLERY, à part.

Ah ! ils ont trois mille écus de trop... c'est bon à savoir.

LE PRÉVÔT, à Guillery.

Je suis touché de votre bon procédé, capitaine... votre
main !... (Après lui avoir serré la main.) Comment vous nommez-
vous?...

GUILLERY.

Le capitaine Guillery.

LE PRÉVÔT, éclatant de rire et lui tapant sur le ventre.

Ah ! farceur !... elle est assez bonne, votre plaisanterie...
Je la raconterai à monsieur de Bourbon, en retournant à la
Prévôté. (Lui serrant de nouveau la main.) Allons, au revoir... (Il s'é-
loigne ; là populace le suit en criant à tue-tête :) Mort aux Guillery !... mort
aux Guillery !...

GUILLAUME, bas à Guillery.

On ne joue pas plus gaiement sa tête !

GUILLERY.

La ville fantasque que cette bonne ville de Rennes, où
des folies vous poussent dans le cerveau comme des orties dans
un champ !

EUSTACHE, à Guillery.

Capitaine, vous nous avez fait un fier plaisir en remplaçant ce vieil éclopé de prévôt. Sauf votre respect, je voudrais aussi vous serrer la main. Je suis le fils du gardien de la forteresse de Rennes et je suis garçon au cabaret de *l'Étoile d'or.*

GUILLERY, lui tendant la main.

Serre, mon garçon, serre ! (Bas, à Guillaume.) Ils finiront par me porter en triomphe.

PREMIER BOURGEOIS, regardant.

Ah ! le père Gobéus !

(Arrive Gobéus dans un désordre burlesque ; sa perruque est de travers ; il a encore sa plume fichée dans ses cheveux ; son écritoire est en bandoulière comme une épée. — On l'entoure, on le questionne, une conversation très-vive s'engage. — La nuit commence à venir.)

GUILLERY, à part.

Le voilà !... (Bas, à ses hommes.) Vous vous souvenez du signal ?

LES HOMMES.

Oui...

GUILLERY.

Bien, à vos postes...

(Les hommes entrent dans le cabaret.)

SCÈNE II

GUILLERY, les Bourgeois, GOBÉUS, GUILLAUME.

GOBÉUS, élevant la voix.

Oui, j'ai fait une hécatombe de Guillery !... J'en ai pendu, trois en effigie... Le premier à une vraie potence, avec son abominable nom de Guillery écrit en lettres longues de ça... (Il montre sa main.) Le deuxième à un arbre ; et le troisième à la vieille tour, au-dessous des gargouilles, avec des lettres majuscules de cette poussée... (Il montre son bras.) Ah ! je suis ainsi, moi... quand le courage me vient, ça monte, ça monte, ça monte !... (Leur serrant la main.) Mes amis, je suis content de moi.

2.

GUILLERY, raillant.

Et moi aussi, père Gobéus, et moi aussi je suis content de
vous.

GOBÉUS.

Vous êtes trop bon, mon cavalier.

GUILLERY.

Ah! vous avez tant écrit que ça... mais qui donc vous payera
vos écritures?...

GOBÉUS.

Personne... J'ai travaillé pour la gloire... (Aux autres.) Mes
amis, je vais mettre un peu d'ordre chez moi, maintenant...

KÉROUEÇ.

Vous ne ferez pas mal de recaler votre échoppe, papa
Gobéus... elle a failli être tout à l'heure emportée par un
coup de vent.

GOBÉUS, s'en allant.

Bon, bon... elle est scellée au mur par une chaîne, et
cette chaîne est solide.

(Il va poser les volets de son échoppe, puis rentre chez lui et allume sa chandelle, dont
on aperçoit la lumière à travers les fentes.)

KÉROUEC, au second Bourgeois.

Allons voir ce qu'on dit par là.

(Ils s'éloignent.)

GUILLAUME, bas, à Guillery.

Je vais rejoindre nos hommes. (Le retenant.) Ah !... ce Gobéus
est très-dévoué aux Jussac; au comte en particulier; cette
affection peut lui tenir lieu de courage au besoin. Voilà
ce que ces bourgeois se disaient tout à l'heure entre eux.
Fais-en ton profit.

GUILLERY, montrant Giston qui arrive.

Le comte,

(Ils se mettent à l'écart.)

SCÈNE III

GUILLERY, GASTON, GUILLAUME.

GASTON, à part,

Monsieur de Féria nous donne un souper d'adieu, ce serait ridicule de se faire attendre... (Il fait un pas pour s'éloigner, puis s'arrête.) Cependant, ce détail ajouté à la lettre ne ferait pas mal... — c'est l'affaire d'un instant!...

(Il entre dans l'échoppe.)

GUILLERY, à Guillaume.

Les renseignements de Robert étaient exacts, tu vois...

(Il va écouter à l'échoppe.)

GUILLERY, bas à Guillaume, tout en écoutant.

C'est Gobéus qui parle!... Ah! les misérables!... La fausse lettre sera prête dans une heure!... C'est demain que mademoiselle Penhoël accomplira sa vingtième année, et c'est demain qu'on lui remettra cette lettre... Le comte viendra la chercher, ou on ira la lui porter chez monsieur de Féria! (s'éloignant de l'échoppe.) Allons, il me la faut!... (A Guillaume.) Je vous ferai le signal convenu... Vous désarmerez le comte, mais sans violence... vous le bâillonnerez, pourtant, s'il veut crier... moi, je me charge de Gobéus. — Tu m'as bien compris?... Surtout pas de sang... Blanche ne me pardonnerait pas de la sauver au prix d'un meurtre.. Allons, va.

(Guillaume s'éloigne.)

SCÈNE IV

GUILLERY, seul.

Blanche!... ah! pourvu qu'elle n'aime pas cet homme!...

(En ce moment Blanche paraît, accompagnée de sa gouvernante; elles se parlent bas

GUILLERY, se retournant.

C'est elle!...

SCÈNE V

GUILLERY, BLANCHE, LA GOUVERNANTE, EUSTACHE, Peuple.

Quelques personnes sortent de l'église, d'autres y entrent. — Eustache sort du cabaret; en apercevant mademoiselle de Penhoël il se découvre.)

EUSTACHE, à Blanche.

Mademoiselle de Penhoël...

BLANCHE.

Bonjour, mon bon Eustache, bonjour.

(Eustache s'incline et sort.)

LA GOUVERNANTE, à Blanche.

Oui, cette masure était lugubre... ce spectacle vous a fait mal... Ne revoyez plus cette pauvre femme sur son grabat.

BLANCHE.

J'ai plus de fermeté que tu ne crois. L'aumône, d'ailleurs, est plus douce aux pauvres, quand on prouve par sa présence l'intérêt que l'on peut prendre à leur malheur !... (Apercevant Guillery.) Ah !...

GUILLERY.

Vous ne me reconnaissez pas, mademoiselle?...

BLANCHE.

Dieu me garde, monsieur, d'oublier jamais l'homme à qui je dois tant !

GUILLERY.

Vous exagérez.

BLANCHE.

Non... Les dangers auxquels j'ai échappé, je l'ai su depuis, étaient terribles... On m'a appris que ces abominables Guillery...

GUILLERY, vivement.

Vos périls passés ne sont pas comparables à ceux qui vous

menacent peut-être aujourd'hui. Oh ! rassurez-vous, les Guillery n'y sont pour rien.

BLANCHE.

Que voulez-vous dire ?...

GUILLERY, hésitant.

Je vais peut-être détruire une de vos plus chères illusions?

BLANCHE.

Parlez, monsieur, parlez !... Mon Dieu ! mais quel malheur dois-je redouter ?...

GUILLERY.

Un mot d'abord... mais un mot d'un ami à une amie, d'un frère à une sœur... J'ose vous le demander comme prix du service que je vous ai rendu?

BLANCHE.

Je vous écoute.

GUILLERY.

Vous êtes fiancée au comte Gaston de Jussac?

BLANCHE.

Oui.

GUILLERY.

L'aimez-vous ?

BLANCHE.

Mais...

GUILLERY.

L'aimez-vous?

BLANCHE.

A sa dernière heure, mon père a désiré cette union... il l'a ordonnée...

GUILLERY.

Et si on vous avait trompée?

BLANCHE.

Que voulez-vous dire ?

GUILLERY.

Si demain je vous prouvais qu'on a prêté à monsieur de Penhoël, votre père, des paroles qu'il n'a jamais prononcées ?

BLANCHE.

Une pareille infamie ?...

GUILLERY.

Enfin, si on l'avait commise, cette infamie, que feriez vous ?

BLANCHE.

Ce que je ferais ?... Donnez-moi la preuve de ce que vous avancez, je vous répondrai !... Adieu !

(Elle s'éloigne avec sa gouvernante. — On sort de l'église. — La Duchesse paraît l'une des dernières.)

GUILLERY, à part.

Elle ne l'aime pas !... Mais si son cœur est libre, elle peut donc encore... Je suis fou !... Je dois la sauver, mon premier devoir est là.

SCÈNE VI

GUILLERY, LA DUCHESSE, voilée.

LA DUCHESSE, à part, reconnaissant Guillery.

L'homme de la grotte de Saint-Médéric !...

GUILLERY, se dirigeant vers l'échoppe de Gobéus et s'arrêtant en apercevant la Duchesse, à part.

Ah !...

LA DUCHESSE, à Guillery.

J'ai à vous parler, monsieur.

GUILLERY.

A moi ?...

LA DUCHESSE.

D'une femme qui vous intéresse, et d'un homme que vous haïssez !...

GUILLERY, à part.

Quelle est cette dame?...

(Il cherche à la reconnaître.)

LA DUCHESSE.

Ne vous donnez pas tant de peine, monsieur... Je ne tiens pas à rester inconnue.

(Elle relève son voile.)

GUILLERY.

Ah!

LA DUCHESSE.

Vous êtes gentilhomme?

GUILLERY, s'inclinant.

Gentilhomme breton... (Souriant.) Mais convenez, madame, que vous poussez l'étrangeté...

LA DUCHESSE.

Jusqu'à l'indiscrétion, soit. J'ai entendu votre conversation avec monsieur de Jussac... En cherchant ses secrets, j'ai surpris les vôtres.

GUILLERY.

Les miens?...

LA DUCHESSE.

Vous aimez Blanche de Penhoël... — vous voyez que je vais droit au but. Je compte sur votre amour comme auxiliaire... — vous voyez que je joue cartes sur table.

GUILLERY.

Continuez.

LA DUCHESSE.

Le comte de Jussac veut épouser mademoiselle de Pen=hoël...

GUILLERY.

Oh! cela ne sera pas !

LA DUCHESSE.

Je n'aurais pas su votre amour, que je l'aurais deviné à votre accent. Enfin, écoutez. Je vous présenterai à Blanche, ou à monsieur de Trailles, son tuteur. Elle m'a beaucoup parlé de son libérateur. Je vous ai reconnu au portrait qu'elle m'a tracé. Elle a peut-être été un peu trop touchée de la haute mine et de l'élégance qui vous caractérisent... mais, que voulez-vous? la reconnaissance est une fée qui ne marchande pas. Enfin, Blanche est belle, bien née; peu riche, j'en conviens, mais le roi lui a promis, en souvenir des bons et loyaux services rendus par son père, de donner le gouvernement de Bretagne à celui qu'elle choisirait pour mari. J'ai quelque crédit sur elle, je vous appuierai.

GUILLERY.

Vous, madame?... Mais comment expliquer l'intérêt que vous me portez?...

LA DUCHESSE.

J'aime le comte!...

GUILLERY.

Alors, alliance offensive et défensive, à la vie, à la mort!... Maintenant, le nom de ma protectrice?...

LA DUCHESSE.

Duchesse de Chaulnes... et vous?...

GUILLERY.

Le capitaine Guille...

LA DUCHESSE.

Guillery, peut-être?...

GUILLERY, souriant.

Je suis moins connu, madame... Le capitaine Guillebert.

LA DUCHESSE.

J'aime mieux cela... Je serai chez moi demain, dans l'après-dînée.

GUILLERY, lui baisant la main.

Madame la duchesse, vous êtes un ange!

LA DUCHESSE.

A demain, capitaine.

GUILLERY.

A demain, madame.

(Elle sort par la gauche. — La nuit est tout à fait venue.)

SCÈNE VII

GUILLERY, seul.

Tout cela est un rêve !

(Gaston et Gobéus sortent de l'échoppe.)

SCÈNE VIII

GUILLERY, GASTON, GOBÉUS.

GOBÉUS.

Le tout sera prêt dans une heure.

GASTON.

Je suis vraiment content de vous, Gobéus. Les deux écritures sont tellement semblables que je m'y serais trompé moi-même. Vous m'apporterez les lettres chez monsieur de Féria.

GUILLERY, à part.

Ah !

GASTON.

Non, je viendrai les chercher...

(Il s'éloigne. Gobéus rentre dans son échoppe).

GUILLERY, allant frapper à la porte de Gobéus.

Un mot !

GOBÉUS, de l'intérieur.

A cette heure ?

GUILLERY.

Oui, ouvrez !

GOBÉUS.

Allez au diable !

3

SCÈNE IX

GUILLERY, puis KÉROÜEC, un Bourgeois.

GUILLERY.

Misérable !... il se barricade !... Je vais enfoncer ta porte,
écrivain maudit !... (A part.) Non, ce serait tout risquer sur un
coup de dé !... Il me faut ces lettres, pourtant !... Oui, mais pas
de scandale... je serais forcé de quitter la ville, et je ne re-
verrais plus Blanche !... Voyons, que faire ?...

(Il réfléchit. Kérouec et le bourgeois reviennent. — Le couvre-feu sonne.)

KÉROUEC.

Le couvre-feu, compère !... Ce n'est pas que j'aie peur...
non... le gouverneur ne protége pas les lâches, et j'ai été
nommé par lui geôlier de la forteresse... mais, passé une
certaine heure, on pourrait piller et assassiner, déménager
toute la ville de Rennes par ce faubourg sans que personne
s'en doute... Allons, bonsoir !

(Ils s'éloignent chacun de son côté.)

SCÈNE X

GUILLERY, assis sur le banc.

Je ne trouve rien !... la violence seule... (Comme frappé d'une
idée.) Ah !... (Riant.) L'idée est fantasque... mais il n'y a que les
choses impossibles qui réussissent. (Il va écouter à l'échoppe.)
Plus rien ! (Il regarde.) Il dort !... C'est mon bon génie qui le lui
a conseillé... (Il tourne autour de l'échoppe en l'examinant.) Une simple
chaîne scellée au mur !... Allons, j'ai eu là une inspiration du
ciel... j'aurai l'homme pour témoin et les papiers pour preuves... Oui, l'homme pour témoin et les papiers pour preuves !
(Il pousse la porte du cabaret, appelle ses hommes d'un signe et leur parle bas en
leur montrant l'échoppe ; les hommes sortent par la droite. — Guillery regardant à
travers les fentes de l'échoppe.) Le sommeil de l'innocence !... Allons,
à l'œuvre ! (Écoutant.) Il a remué, je crois... Non, il ronfle !... (Tirant son poignard, et descellant le chaînon qui retient la chaîne au mur.) Diable !...
qu'est-ce que ce ciment-là ?... J'ai le poignet solide, heureuse-

ment!... (Écoutant.) Non, rien... Mort de ma vie! je démolirai cette église plutôt!... (Il secoue avec énergie.) Ah!... (Arrachant le chaînon.) Eh! parbleu! on ne s'appelle pas Guillery pour rien.

(Les quatre hommes reviennent avec de grands bâtons.)

SCÈNE XI

GUILLERY, LES HOMMES, puis GOBÉUS.

GUILLERY, aux hommes.

A vous, maintenant!... (Les hommes éloignent l'échoppe du mur.) Doucement... doucement... sans secousses...

(Les hommes soulèvent un peu l'échoppe pour passer leurs bâtons.)

GOBÉUS, ouvrant ses volets.

Que se passe-t-il donc sous mon échoppe?... Ces maudits rats n'ont jamais tant remué. (Passant sa tête, et regardant.) Comment!... des hommes!... Mais que faites-vous donc là?

GUILLERY, lui présentant la pointe de son épée.

Si tu cries, tu es mort!

GOBÉUS.

Allons donc!...

GUILLERY.

Je suis le capitaine Guillery.

GOBÉUS, poussant un cri.

Ah!...

(Il ferme vivement sa porte; on l'entend rouler dans son échoppe.)

UN DES HOMMES.

Il ne bouge plus.

GUILLERY.

Enlevez!

(On emporte l'échoppe.)

SCÈNE XII

GUILLERY, riant.

Ah! ah! ah!... en chaise à porteurs, monseigneur Gobéus!... Sa Majesté Gobéus en palanquin!... Il doit être plus mort que

vif!... Ah! ah! ah! allons, suivons-les. (Gaston revient, il est légèrement aviné. — Guillery s'arrêtant en l'apercevant, à part.) Le comte!... Puisque je suis en train, je vais régler toutes mes petites affaires.

SCÈNE XIII

GUILLERY, GASTON.

GASTON.

Jamais vin ne m'a produit pareil effet. Je ne suis pas ivre,
mais, le diable m'emporte, je suis bien près de l'être. (Il se
dirige vers la place où était l'échoppe; s'arrêtant, étonné.) Tiens!... j'aurais
parié que la baraque de cet ensorcelé Gobéus était à droite.

GUILLERY.

Non, mon gentilhomme, à gauche.

GASTON, le saluant.

Merci, monsieur. (Il se dirige à gauche.) Allons, écrivain du
diable, ouvre ta porte! (Il cherche.) Hein!... est-ce la place ou
ma tête qui tourne?... (A Guillery.) Hé! mon cavalier, pouvez-
vous m'expliquer, je vous prie, pourquoi l'échoppe n'est pas où
vous m'envoyez?...

GUILLERY, riant.

Pourquoi?... Je me moque peut-être de vous.

GASTON.

Voilà un mot, monsieur, que j'entends pour la première
fois.

GUILLERY.

J'ai une petite confession à vous faire.

GASTON.

Vous voulez dire des excuses à m'adresser?

GUILLERY.

Jugez-en : c'est moi qui ai fait enlever l'échoppe...

GASTON, riant.

Ah!... mais pourquoi faire?

GUILLERY.

Et avec l'échoppe celui qui l'habitait...

GASTON.

Superbe ! superbe !

GUILLERY.

Et les papiers qui y étaient !...

GASTON.

Vous m'y faites penser. Si nous causions de tout cela à la
pointe de nos épées, monsieur, ce serait peut-être le moment,
qu'en pensez-vous ?

GUILLERY.

Je suis une vieille commère, monsieur, je jase sur tous les tons.

GASTON, tirant son épée.

Trop bon, monsieur, trop bon !

(Ils croisent l'épée.)

GUILLERY, s'arrêtant.

Vous ne me reconnaissez pas?

GASTON.

On vous connaît donc !... Je me croyais en partie de débau-
che... (Le regardant.) Voyons?

GUILLERY.

Je suis l'homme au flambeau.

GASTON.

Tant mieux!... Je vous tiens, mordieu, je ne vous lâcherai
pas!... Allons, en garde, face de traître, de bohémien ou de
lâche, en garde !

GUILLERY.

Face de lâche?... Mais je suis donc le miroir de Votre Excel-
lence, monsieur le comte?...

GASTON, hors de lui.

Misérable!

GUILLERY, se campant devant lui.

Alors, regardez : vous ne montez pas, vous rampez; tout est bon pour vos pieds douteux, l'alcôve d'une femme comme le cadavre d'un homme!

GASTON.

Défends-toi, ou je te tue comme un chien!

GUILLERY.

Face de traître?... Mais vous faites de mademoiselle de Penhoël un des échelons de votre fortune... Comme ami, vous l'avez trahie... Comme homme, vous l'avez trompée... Son père mort, vous l'avez fait mentir dans sa tombe... Que voulez-vous de plus?

GASTON.

Cet homme veut un meurtre!

GUILLERY.

Face de bohémien?... Mais êtes-vous bien sûr d'être un Jussac, vous?... Un Jussac?... non, vous êtes le compagnon de Gobéus... Un gentilhomme?... non, vous êtes le complice d'un faussaire!

GASTON, levant son épée pour le frapper.

Terre et cieux!

GUILLERY, s'avançant vers lui.

J'ai fini, assassinez!

GASTON.

Oh!... Allons, défends-toi!

GUILLERY.

Je vous ferai l'honneur de vous tuer, en garde!

(Ils s'attaquent en furieux. — Le combat dure un moment, farouche, terrible, silencieux; on n'entend que le bruit des épées; enfin Gaston tombe.)

GASTON, tombant.

Ah!

(Il reste sans mouvement.)

GUILLERY, jetant une pierre dans une fenêtre.

Eh! quelqu'un, quelqu'un!

(On entend le bruit des vitres cassées.)

EUSTACHE, paraissant à la fenêtre..

Qu'est-ce que c'est? Le feu est-il à la ville?

GUILLERY.

Descends!... Voilà un homme blessé... tu le soigneras, sinon je mets le feu à ta maison.

EUSTACHE.

A la maison!

GUILLERY.

Le feu à ta masure, ne l'oublie pas!

(Il s'éloigne.)

DEUXIÈME TABLEAU
Les Fiançailles

Un petit salon riche, mais simple. — Portes latérales. — Cheminée dans l'angle du fond. — Fenêtres à droite. — Une grande table à gauche.

SCÈNE PREMIÈRE

BLANCHE, LA GOUVERNANTE, ANGELETTE, UNE OUVRIÈRE.

(Blanche est assise à droite. — Les trois femmes sont assises à gauche, autour de la table et travaillent; au lever du rideau, Blanche est rêveuse.)

ANGELETTE, à part, travaillant.

Je cherchais une maison calme, tranquille, je suis servie à souhait.

LA GOUVERNANTE, à Angelette.

Finissez cette ruche.

ANGELETTE, à part.

Ce château des Penhoël est gai comme un couvent. Enfin!... travaillons au trousseau, mademoiselle de Penhoël sera peut-être moins triste quand elle sera mariée.

(On entend frapper ; Angelette veut se lever.)

LA GOUVERNANTE.

Restez, je vais voir.

ANGELETTE, à part.

On ne peut même pas bouger. Oh! cette gouvernante... on dirait un épouvantail à effaroucher les oiseaux.

BLANCHE, à part.

Pourquoi ai-je tressailli en le revoyant?

ANGELETTE, à Blanche.

Depuis que j'ai parlé à mademoiselle de la pendaison en effigie du brigand Guillery, elle est devenue songeuse... Ai-je eu tort?

BLANCHE.

Du tout. Seulement, ce nom de Guillery m'a rappelé le danger que j'ai couru voilà huit jours dans la forêt de Rennes.

ANGELETTE.

Et sans le secours d'un vaillant capitaine, vous seriez au pouvoir de ces bandits... c'est à faire frémir !

BLANCHE.

Oui. (A part.) Est-ce bien le danger que j'ai couru ou mon libérateur qui m'occupe?...

LA GOUVERNANTE, revenant avec un carton.

Ce sont les dentelles!

BLANCHE, absorbée.

Où est le mal de penser à celui à qui je dois tant : le calme, la vie, l'honneur!... Ah! si jamais gentilhomme fut brave et courtois, c'est lui!... Il était comme ému de son dévouement, comme attendri du danger qui me menaçait; sa main tremblait en touchant la mienne : un autre m'aurait regardée avec orgueil, mais son regard à lui était humble... Ses genoux fléchissaient presque comme pour me demander pardon de son héroïsme! (Haut.) Montrez-moi ces dentelles? (La gouvernante les lui apporte. —Les regardant.) Elles sont très-bien... trèsbien... (A Angelette.) N'est-ce pas? (A la gouvernante, en les lui rendant.) Un peu hautes, peut-être. (A part.) Une Penhoël ne doit songer qu'à l'homme qu'elle pourrait hautement avouer et qui marcherait de pair avec ses aïeux! (Haut, à toutes.) Vous pouvez vous retirer. — Reste, Angelette.

{Elles sortent.)

SCÈNE II

BLANCHE, ANGELETTE.

BLANCHE, à part.

Me marier! (A Angelette.) Angelette, ne m'as-tu pas dit que tu avais passé dans la forêt de Rennes quelques heures avant moi et que tu avais rencontré un capitaine?

ANGELETTE.

Oui, mademoiselle, le capitaine Guillefort.

BLANCHE, à part.

Il se nomme Guillemin, lui.

ANGELETTE.

Il est bien facile à reconnaître : il est grand, bien fait; la lèvre moqueuse, de belles dents, et des cheveux noirs abondants roulés sous son feutre. Il aurait l'air d'un prince, s'il ne laissait pas traîner sa rapière sur ses talons comme un joujou.

BLANCHE, à part.

Ce portrait lui ressemblerait... (Haut.) Il se nomme Guillefort?

ANGELETTE.

Comme moi, Angelette. C'est sans doute lui qui vous a protégée. Il est bon comme du bon pain... (Riant.) Et il est si

3.

drôle !... Un jour... — ce jour-là il pleuvait, — nous étions entrés dans la logette du pastour. Le vent sifflait si fort, que le
plancher de la logette en remuait sous mes pieds... Je regar-
dai. « Bon, dis-je, une trappe !... » Et lui de soulever la trappe.
« Bon, dis-je, un escalier !... » Et lui de le descendre comme
s'il ne menait pas à la Citerne aux Loups... On appelle cette citerne ainsi, parce que des loups ont une fois dévoré un enfant
dans les environs. Enfin, il descend !... et le voilà qui m'appelle !... « Ah ! que non ! répondis-je. » Et le voilà qui remonte,
me prend dans ses bras, et redescend quatre à quatre pour
me faire voir qu'il n'y avait pas de danger !... Je ne voulais pas
y croire, de façon que je me cramponnai à son cou en criant
comme une folle... et que lui, il m'embrassait comme un
fou !... Voilà comment je l'ai connu, ce capitaine, et comment
j'ai su qu'il se nommait Guillefort !

(Entre Gobéus précipitamment.)

SCÈNE III

BLANCHE, ANGELETTE, GOBÉUS.

GOBÉUS.

Ah ! (A Angelette.) monsieur de Trailles, monsieur de Trailles,
où est-il ?

ANGELETTE.

Il est sorti.

GOBÉUS.

J'arrive de chez le prévôt, il était aussi sorti !... Je trouverai
peut-être monsieur de Jussac !... Mille pardons !

BLANCHE.

Mais qu'est-ce donc, mais qu'avez-vous, vous êtes troublé ?

GOBÉUS.

Ce que j'ai, mademoiselle ?... Il y a heureusement une
Providence pour les honnêtes gens !... Mon échoppe avait une
planche qui ne tenait pas... j'ai profité de leur sommeil et je
me suis enfui !

ANGELETTE.

Enfui ?... d'où ? comment ?

GOBÉUS.

Mon malheur n'est donc pas encore connu ?... Mais on m'a enlevé cette nuit, moi.., on a emporté ma maison... et quand j'ai mis la tête à la fenêtre, j'ai trouvé une pointe d'épée qui me regardait... et quand j'ai voulu crier, j'ai entendu un nom qui m'a terrifié... je suis tombé à la renverse,.. c'est comme je vous le dis... et pendant ce temps, ma maison marchait.

ANGELETTE.

Votre maison marchait ?

GOBÉUS,

Et quand j'ai repris mes sens, elle ne bougeait plus..., et j'étais parmi des bandits!... On me passait à manger comme à une bête fauve dans sa cage !... Mais n'importe, e comte me vengera !... Je peux sauver Rennes, je peux sauver la Bretagne, je peux sauver la France !

ANGELETTE.

Mais il est fou !... Et comment cela ?

GOBÉUS.

Comment ?... Mais en livrant le misérable qui fait trembler le pays... mais l'homme qui m'a enlevé, c'est...

BLANCHE.

C'est ?

GOBÉUS.

C'est... (A part.) Confier mon secret à deux femmes, ce serait trop. (Haut.) Je ne puis dire son nom qu'à monsieur de Jussac. Au revoir !

(Il se sauve et va se cogner dans la duchesse qui paraît.)

LA DUCHESSE, poussant un cri.

Ah !

GOBÉUS, saluant.

Mille pardons, madame la duchesse, mille pardons !

(Il sort.)

SCÈNE IV

LA DUCHESSE, BLANCHE, ANGELETTE.

LA DUCHESSE, riant.

La vilaine mine effarouchée !... Angelette, donne-moi un siége. (Angelette sort après avoir avancé un fauteuil.) Bonjour, belle enfant. (S'asseyant.) Et monsieur de Trailles, votre tuteur, comment va-t-il ?

BLANCHE.

Un peu mieux.

LA DUCHESSE.

On dit qu'il porte sa goutte à ravir, depuis que vous lui avez promis d'épouser Gaston? (Mouvement de Blanche.) C'est donc vrai? Ah! mignonne, toutes les femmes vont vous maudire... moi la première. Mais, vous savez, il est blessé?

BLANCHE.

Le comte s'est battu?

LA DUCHESSE.

Oui... il est légèrement blessé... (A part.) Elle ne s'est pas émue, elle ne l'aime pas!

ANGELETTE, revenant, à la Duchesse.

Monsieur de Trailles vient de rentrer; sa promenade l'a beaucoup fatigué; il supplie madame la duchesse de vouloir bien monter un instant chez lui.

LA DUCHESSE, se levant.

J'y vais...

BLANCHE.

Grondez-le d'être sorti.

LA DUCHESSE.

Soyez tranquille. A propos... mais l'adversaire du comte est votre ami... vous ne connaissez que ça... c'est le capitaine Guilleberi.

BLANCHE, étonnée.

Guillebert?

LA DUCHESSE, à part.

Elle ne tressaille pas... elle est très-forte pour une jeune fille. (Haut, en pesant sur les mots.) Oui, le capitaine Guillebert!... Guillebert!... Guillebert, ma mignonne!

BLANCHE.

Je ne le connais pas.

LA DUCHESSE, riant.

Mais votre aventure dans la forêt de Rennes... l'attaque de votre chaise de poste... et ce vaillant inconnu...

BLANCHE.

Guillemin!

LA DUCHESSE.

Non, Guillebert!

BLANCHE, s'animant.

Du tout, Guillemin!

LA DUCHESSE.

Mais non, Guillebert...

ANGELETTE.

Pardon, mesdames... mais mademoiselle de Penhoël et madame la duchesse se trompent toutes deux. L'homme dont il est question, je le connais.

LA DUCHESSE.

Tu vas nous mettre d'accord, parle.

ANGELETTE.

Il s'appelle Guillefort.

LA DUCHESSE.

Bon! Guillefort, à présent.

ANGELETTE.

Certainement, madame.

LA DUCHESSE.

Enfin, Guillemin, Guillebert ou Guillefort, c'est un vaillant cavalier. Il a sollicité l'honneur de vous être présenté. J'ai peut-être eu tort, chère enfant, mais j'y ai consenti?

BLANCHE.

Vous avez bien fait, madame.

LA DUCHESSE, à part.

Allons, voilà ma petite conspiration qui marche. (Haut, en serrant la main de Blanche.) Au revoir... — Annonce-moi, Angelette.

(Elles sortent.)

SCÈNE V

BLANCHE, seule.

Pourquoi ces trois noms?... Ah! l'une de nous trois a été trompée par lui.

MARTIN, annonçant.

Le capitaine Guillemin.

BLANCHE, à part.

Lui!... (Haut.) Faites entrer. (A part.) Comme mon cœur bat!...

(Entre Guillery. — Martin sort.)

SCÈNE VI

GUILLERY, BLANCHE.

GUILLERY, remettant à Blanche des lettres.

Voici les preuves dont je vous ai parlé, mademoiselle.

BLANCHE, prenant les lettres et les posant sur la table.

Merci.

GUILLERY.

Vous ne lisez pas?...

BLANCHE.

A quoi bon?

GUILLERY.

Comment?...

BLANCHE.

Quelques mensonges... c'est bien.

GUILLERY.

Vous ne croyez pas?...

BLANCHE.

Je crois qu'il y a mensonge dans tout ceci, mais j'ignore d'où il vient.

GUILLERY.

D'où il vient?... ne vous l'ai-je pas dit?...

BLANCHE.

Comment vous croirais-je?... Qui croire en vous?... Guillemin?... Guillebert?... ou Guillefort?...

GUILLERY.

Ah! mademoiselle, vous êtes bien la seule personne au monde qu'au prix de ma vie je ne voudrais pas tromper!

BLANCHE,

Cependant...

GUILLERY.

Non, je ne vous tromperai pas : Je ne suis ni Guillemin, ni Guillebert, ni Guillefort...

BLANCHE.

Qui êtes-vous donc?...

GUILLERY.

Mon nom?... Dieu m'est témoin, mademoiselle, que c'était le nom d'un doux et loyal gentilhomme, jusqu'au jour où j'ai trouvé la maison de mon père réduite en cendres, et ma mère ensevelie sous les décombres... J'ai juré de la venger, et dès lors mon nom a signifié mort et incendie!...

BLANCHE,

La vengeance est parfois légitime.

GUILLERY.

Demandez aux villes qu'on assiége quel est le nom qui retentit comme la foudre d'une des portes à l'autre... demandez aux vaincus quel nom les terrifie, et aux vainqueurs le nom qui les exalte... demandez aux vieilles tours crénelées, aux châteaux forts menacés, quand ils sentent grimper à leurs flancs des hommes farouches que rien n'effraye, quel nom s'échappe comme une menace de leur bouche de bronze!...

BLANCHE.

Vous me faites trembler!

GUILLERY.

C'est bien, je n'aurais pas surpris votre pitié, je peux vous dire mon nom!

BLANCHE.

Je ne veux pas le savoir!

GUILLERY.

Je suis le capitaine Guillery!

BLANCHE, reculant.

Guillery!

GUILLERY.

Le bandit, le proscrit, le réprouvé!... Oui, je suis cet homme dont la tête est mise à prix.

BLANCHE, effrayée.

Taisez-vous! taisez-vous!

GUILLERY.

Je suis cet insensé qui a tout quitté, ses compagnons et sa forteresse... qui brave la mort à chaque instant... qu'on ferait saisir d'un mot... qu'on peut égorger d'un geste... qui le sait, et qui en rit!... Oui, parce qu'au sein de cette ville ennemie, au milieu de ces dangers, à travers ces abîmes, son cœur cherche une ombre, son regard suit un fantôme, ses lèvres frémissantes bénissent la vie!... Et il est heureux, ce bandit, parce qu'il vous voit... et il est heureux, ce misérable, parce qu'il vous parle... et il est heureux, ce réprouvé, parce qu'il vous aime!...

(Il tombe à ses pieds.)

BLANCHE.

Ciel!

GUILLERY.

Oh! ne me fuyez pas!... vous êtes le seul être devant qui je me suis humilié... Oh! restez, restez!...

BLANCHE.

Mon Dieu!...

GUILLERY.

Est-ce ma faute, si votre premier regard m'a ébloui?... Est-ce ma faute, si j'ai sauvagement épuisé toutes les âpres voluptés de la vie en conservant un cœur que vous avez purifié et ressuscité d'un sourire!...

BLANCHE.

Relevez-vous... on peut venir... Je suis fiancée au comte de Jussac...

GUILLERY, se levant.

Ah! maintenant que je vous ai fait l'aveu de mon amour, ne prononcez jamais ce nom devant moi!...

BLANCHE.

Des menaces?...

GUILLERY, avec emportement.

Eh! je ne menace pas, madame!... Je dis seulement que cet homme est votre fiancé, et que je le hais!... Je dis qu'il faut en avoir pitié, et ne pas le désigner à ma vengeance!...

BLANCHE.

Oh! le farouche regard!...

GUILLERY, suppliant.

Non! non!... (Se jetant à ses pieds.) Ah! ne me maudissez pas!... quel bien vous pouvez me faire avec une simple parole!... Ne repoussez pas l'ange tombé!... Oh! grâce... grâce!...

BLANCHE.

Eh bien, oui... je vous pardonne!

GASTON, paraissant à la porte du fond.

A ses pieds!

GUILLERY, lui prenant la main et la couvrant de baisers.

Ah! soyez bénie pour cette parole!...

BLANCHE, se retournant.

Gaston!... (Guillery se relève.)

GASTON, à part.

De l'audace!...

GUILLERY, à part.

Comme elle a pâli en le voyant.... L'aimerait-elle?

SCÈNE VII

BLANCHE, GUILLERY, GASTON.

BLANCHE, à part.

Ce n'est pas à moi à rougir ici!... (A Gaston, en lui présentaut les lettres.) Comte, on vous accuse; que signifient ces lettres?...

GASTON, sans les prendre.

Je venais pour me défendre... et je me défendrai même devant cet homme.

GUILLERY.

Monsieur...

GASTON.

Devant cet homme qui m'a misérablement et lâchement calomnié.

GUILLERY.

Çà, monsieur, savez-vous que le sang me monte aisément au cerveau, et qu'il est imprudent de braver ma colère?

GASTON.

A chacun la justice qui lui est due. (Tirant son épée.) Cette épée me vient de mon père... elle a touché la vôtre, mon père ne la reconnaîtrait plus!...

(Il brise l'épée et la jette aux pieds de Guillery.)

GUILLERY, portant la main à son poignard.

Terre et cieux!...

BLANCHE, se jetant entre eux.

Messieurs!...

GUILLERY, à Gaston.

Vous avez l'insolence des Jussac, c'est bien... je suis patient, j'attendrai.

GASTON, à Blanche.

On m'a donc calomnié.

GUILLERY.

Je ne calomnie personne, madame!... (Il lui présente les papiers.) Cette lettre est de monsieur de Penhoël, votre père... celle-là d'un faussaire... et ce faussaire, le voilà!

GASTON.

Lisez, Blanche, lisez.

BLANCHE, examinant les lettres.

Quel abîme!... Mais ces deux écritures sont semblables... On les croirait toutes deux de mon père... Comte, voyez!... Mais que veut dire cela?

GASTON, après avoir jeté les yeux sur les lettres.

Cela veut dire qu'il y a de par le monde un misérable qui a le génie de l'imitation, voilà tout. La lettre de votre père m'a été volée.

GUILLERY, vivement, à Blanche.

Mademoiselle...

GASTON.

Du reste, venons au fait. Vous avez devant vous deux accusés : l'un, soupçonné de faux, et qu'on nomme Gaston de Jussac, votre fiancé, que votre père mourant vous a choisi pour époux; l'autre, accusé de vol, de trahison, d'incendie; accusé de meurtre; sa tête est mise à prix; elle sera demain au bout d'un gibet ou roulera sur un échafaud... enfin, c'est Guillery!... Choisissez!

BLANCHE.

Ciel!

GUILLERY.

Oui, je suis cela... et mon sang peut se changer en flots d'or pour mes délateurs... Avis aux lâches!...

GASTON, à Blanche.

Vous me chasserez comme un infâme ou vous me tendrez la main comme à l'homme à qui vous pouvez confier votre destinée. Je ne vous parle pas de mon amour. Je vous aime, vous le savez. Le respect a pu me fermer la bouche, mais mon cœur a parlé malgré moi. — Enfin, je ne sortirai d'ici que pour prévenir nos amis de notre prochaine union?...

GUILLERY, à part.

Que va-t-elle faire?

GASTON.

La moindre hésitation serait une insulte, le moindre retard un doute?

GUILLERY, à part.

Oh! j'étouffe.

GASTON.

Mademoiselle de Penhoël, voici ma main... me ferez-vous l'honneur d'y mettre la vôtre?

GUILLERY, vivement.

Je vous ai dit la vérité, mademoiselle!

BLANCHE, à part.

Oh! mon Dieu!

GASTON, à Blanche.

Eh bien?

GUILLERY.

Sur mon salut éternel, je vous ai dit la vérité, Blanche!

BLANCHE, à part.

Oui, il faut une barrière entre cet homme et moi!

GASTON, à Blanche.

J'attends?

GUILLERY, suppliant.

Blanche! Blanche!

BLANCHE.

Monsieur le comte, une Penhoël n'a que sa parole... J'obéis à mon père, voici ma main !

GUILLERY, à part, douloureusement.

Oh !

GASTON, à Guillery.

Quant à toi...

BLANCHE, vivement.

Monsieur, c'est mon hôte !

GASTON.

Un bandit !

BLANCHE.

Qu'il sorte d'ici comme il y est entré, libre !... Je le veux.

GASTON, à Guillery.

Tu as deux heures pour quitter la ville... ce temps expiré, je reprends ma parole... Souviens-t'en !

GUILLERY.

J'accepte la liberté comme on accepte une arme pour se venger !... Ah ! l'on m'a joué, berné, insulté !... Ah ! vous êtes là tous deux, et vous me regardez dans l'insolence de votre bonheur !... Terre et cieux !... vous êtes hardis !... Mais écoutez bien ceci, monsieur Gaston de Jussac... Ce n'est plus un duel d'homme à homme, ce sera un duel d'armée à armée.... un duel au bruit des mousquetades et à la clarté des incendies... un duel dont le monde tremblera !... Toi et les tiens, je vous dévoue aux représailles fatales, sinistres, rouges de sang !... Ainsi donc, au revoir !... Au revoir aussi, mademoiselle Blanche de Penhoël !... Sur ma tête et sur mon épée, vous ne vous appellerez jamais la comtesse de Jussac !... Adieu !

FIN DU DEUXIÈME ACTE

ACTE TROISIÈME

PREMIER TABLEAU
La Ferme du Ravin

Le théâtre-représente l'intérieur d'une petite cour de métairie bretonne. — Au fond à droite, un escalier en bois bruni, montant à un premier étage et formant balcon. — Au fond, un peu à gauche, une petite porte dans le mur.

SCÈNE PREMIÈRE

GUILLAUME, ROBERT, ANGELETTE.

(Angelette est très-agitée; elle va et vient. — Robert cause avec Guillaume sur le premier plan.)

ROBERT, à Guillaume.

Je vais faire le relevé des hommes que nous avons au quartier général.

(Il tire une sorte de carnet de sa poche et va s'asseoir sur la première marche de l'escalier.)

ANGELETTE, à part.

Mademoiselle Blanche !... J'ai voulu la défendre, on m'a enlevée avec elle, et nous voilà toutes deux dans ce repaire, au fond d'un ravin, et prisonnières peut-être pour toujours !...

GUILLLAUME, comme se parlant.

Savoir qu'on se bat là-bas, et rester ici, les bras croisés, à garder une femme comme un geôlier !...

(Il montre la porte qui est au haut de l'escalier.)

ANGELETTE, à Guillaume.

Vous faites là un joli métier, c'est vrai.

GUILLAUME, continuant sa pensée.

Guillery aurait dit à Christophe : « Frère, on nous pour-
» suit, la lutte va s'engager, emmène Blanche dans la ferme
» du ravin où commande Robert, et veillé sur elle ! » Christophe
lui aurait répondu : « Non ! » Et il aurait bien fait !... Mais
j'obéis d'abord moi, et j'enrage ensuite.

ANGELETTE, à Guillaume.

Enfin, quand reverrai-je ma maîtresse ?...

GUILLAUME.

Allez au diable !

ANGELETTE.

Vous êtes poli. Mais savez-vous bien que tout cela est infâme,
monsieur le bandit?... Oh! je ne parle pas de moi, je suis une
paysanne, je ne compte pas... Mais avoir en plein jour, aux
portes de l'église, commis ce rapt sur une Penhoël ; et l'avoir
enlevée dans ses habits de mariée, au moment où elle des-
cendait de voiture pour se rendre à l'autel, c'était lâche !...
et vous étiez deux cents !... et vous avez dispersé le cortége...
et vous avez renversé la voiture du comte... Mais le comte
n'est pas homme à laisser un pareil attentat impuni... et si on
se bat encore à cette heure, c'est qu'il vous a poursuivis, et
qu'il vous poursuivra jusque dans votre dernière retraite... et
vous verrez, alors, s'il fait bon d'enlever des femmes à main
armée, comme si nous étions en Afrique ou en Turquie...
vous verrez!

ROBERT, se levant.

Çà! péronnelle, mais à qui parles-tu donc ici?...

ANGELETTE, à Guillaume.

Je dis...

ROBERT.

Tais-toi!

ANGELETTE, à Robert.

Et pourquoi me tairais-je ?...

ROBERT, levant la main.

Hein ?...

ANGELETTE, se croisant les bras.

Bien, bien, allez... je voudrais voir comment un homme
s'y prend pour battre une femme.

GUILLAUME, calmant Robert.

Voyons !... Elle a soigné et sauvé Guillery il y a trois mois.
(A Angelette.) Ta maîtresse est là-haut, tu peux l'aller voir.

ANGELETTE, à part.

Il a au moins du bon, celui-là. (Elle monte. — Du haut de l'escalier :) Merci, monsieur le lieutenant, merci !...

(Elle entre.)

SCÈNE II

GUILLAUME, ROBERT.

GUILLAUME.

Une brave fille !

ROBERT.

Nous tournons aussi au galantin, allons, bravo !

GUILLAUME.

Tu es de mauvaise humeur aujourd'hui.

ROBERT.

Sacrebleu, oui !... Tout ce bruit de femmes enlevées et
d'aventures d'amour m'exaspère... Enfin, c'est d'un vilain
exemple, voilà !... et si l'on continue, vrai Dieu ! je plie ba-
gages, je vous en préviens, et vais m'enrôler en Espagne, ou
servir l'Allemand sous Philibert de Lorraine.

GUILLAUME.

Bon, et tout cela parce que Guillery aime réellement une
fois dans sa vie !

ROBERT.

Eh ! morbleu, nous ne sommes pas des chevaliers de la
Table ronde, et encore moins des chevaliers errants...
Nous sommes gens de rudes équipées, de bons routiers qui
mangent et boivent bien s'ils se battent à l'avenant, mais qui
font de l'amour une distraction de grands chemins.

GUILLAUME.

Où veux-tu en venir ?

ROBERT.

A ceci : on ne met pas toute une troupe sur pieds pour
une méchante petite poitrinaire qui tombe en pâmoison à la
première mousquetade et qui menace de se tuer quand on
l'approche !

GUILLAUME.

Elle peut t'entendre !...

ROBERT.

Eh bien ?... ne faut-il pas me museler pour lui plaire?... Ah !
la chose absurde que l'amour !... Mais deux cents filles comme
celle-là me fileraient sous les yeux que je n'en arrêterais pas
une seule pour l'embrasser.

GUILLAUME, riant.

Oui, il te faut à toi des commères...

ROBERT, l'interrompant.

Très-blanches et très-grasses, et qu'on puisse mettre à la porte
sans qu'elles meurent de désespoir.

GUILLAUME.

Tu ne sais pas ce que tu dis.

ROBERT.

Nous le verrons bien.

GUILLAUME.

Voici Christophe !...

4

SCÈNE III

Les Mêmes, CHRISTOPHE.

GUILLAUME, à Christophe.

Eh bien?..

CHRISTOPHE.

Tout va à merveille; le Compère s'est battu comme un lion!...

ROBERT, à part.

Il s'est battu comme un lion!... Ils croient avoir tout dit avec ça.

CHRISTOPHE.

Le comte avait lancé ses nouvelles recrues, les bourgeois s'étaient armés, les paysans avaient pris leurs fourches, mais bah! nous les avons culbutés. (A Robert.) Nous nous sommes repliés dans la forêt. Le Compère médite une attaque à sa façon, il demande cent hommes de renfort. (A Guillaume.) Il t'ordonne à toi de demeurer à ton poste. Cependant, si tu venais à être attaqué, tu battrais en retraite vers le quartier général. Tu devras éviter tout engagement sérieux, de peur qu'on ne te reprenne Blanche.

ROBERT.

Blanche!...

CHRISTOPHE.

Il s'est dévoué à nous jusqu'ici, il peut bien penser à lui un moment. (A Guillaume.) Donc, mademoiselle de Penhoël avant tout.

ROBERT.

Quelles sont nos pertes?

CHRISTOPHE.

Trente hommes tués, soixante-dix blessés. Le convoi des blessés a été dirigé vers la forteresse.

ROBERT, furieux.

Trente morts... et soixante-dix hommes hors de combat!... et tout cela pour une amourette!

CHRISTOPHE, en riant, à Guillaume.

Voilà Robert qui fait de la vertu!... (A Robert.) Les cent hommes demandés, où les trouverai-je?

ROBERT.

Ni ici, ni ailleurs... Je refuse.

GUILLAUME.

Tu laisserais notre frère en danger?...

ROBERT.

Nos pertes sont déjà assez considérables. Nos compagnons connaissent les sentiers, qu'on les laisse faire, ils se trouveront tous réunis ce soir à la forteresse.

GUILLAUME.

Le Compère fuirait?

ROBERT.

Il n'y a ni gloire ni profit à se battre pour une femme!... Vous savez ma volonté. Je suis le maître ici.

GUILLAUME, indigné.

Tu as du mauvais dans le cœur!

CHRISTOPHE.

C'est mal, ce que tu fais là!

GUILLAUME.

Tu es le maître, dis-tu?... soit!... Mais tu commanderas à tes soldats, non aux miens!... Ma brigade marchera!

CHRISTOPHE.

La mienne aussi!

ROBERT.

Vous ne sortirez pas!

GUILLAUME et CHRISTOPHE, exaspérés.

Robert!

ROBERT.

Vous me tuerez d'abord!

(Entre Guillery. — Il est en désordre et couvert de poussière; il est blessé au front.)

SCÈNE IV

LES MÊMES, GUILLERY.

GUILLERY, préoccupé.

Qu'est-ce donc ?

CHRISTOPHE, vivement.

Oh ! ce n'est rien, frère, ce n'est rien.

GUILLAUME, avec inquiétude.

Te voilà ? Mais tu nous avais fait demander du renfort ?

GUILLERY, posant ses armes sur la table.

Je n'ai pas eu la patience d'attendre. J'ai pris une poignée d'hommes résolus, j'ai vigoureusement chargé l'ennemi et l'ai mis en déroute.

GUILLAUME.

Mais tu es blessé ?...

GUILLERY.

Une égratignure...

GUILLAUME.

Appelle notre médecin, Christophe.

GUILLERY.

Non, c'est inutile... (Tapant sur l'épaule de Christophe.) Il s'est battu en héros ! (S'asseyant.) Laissez-moi seul avec Guillaume.

CHRISTOPHE, bas à Robert.

Tu as été ridicule ! Allons, viens.

ROBERT, secouant la tête.

Ridicule !

CHRISTOPHE.

Allons, viens, viens !

(Ils sortent.)

SCÈNE V

GUILLERY, GUILLAUME.

GUILLERY, à part.

Que va-t-elle penser de moi ?... Eh ! que m'importe !... (A Guillaume.) Où est-elle ?

GUILLAUME.

Là-haut!

GUILLERY.

Que dit-elle?

GUILLAUME.

Rien!

GUILLERY.

Que fait-elle?

GUILLAUME.

Tu l'aimes donc bien?

GUILLERY.

Après ce que j'ai fait, tu me le demandes!...

GUILLAUME.

Alors, prends garde!

GUILLERY.

A quoi?

GUILLAUME.

Elle est là-haut, pâle, muette, immobile, les lèvres serrées, un feu étrange dans les yeux, et la main sur un poignard.

GUILLERY, se levant.

Qui donc lui a donné cette arme?

GUILLAUME.

Personne. Avec une adresse et une rapidité merveilleuse, elle l'a enlevée à l'un des hommes qui l'accompagnaient! « Maintenant, je suis tranquille!... » s'est-elle écriée. Et depuis, elle attend avec la résolution d'une femme qui ne redoute pas la mort! Crains un malheur!

GUILLERY.

Un malheur! Non, non! je serai implacable, comme elle a été sans pitié!... Je suis un homme qui se venge!... A cette heure, vois-tu, nulle puissance humaine ne peut l'arracher de mes mains! Elle est à moi, oh! bien à moi!...

GUILLAUME.

Parle plus bas!... elle t'écoute, peut-être!...

4.

GUILLERY, s'exaltant.

Oui, c'est infâme !... oui, c'est odieux !... c'est un crime horrible, n'importe, je le commettrai !...

GUILLAUME.

Tais-toi, te dis-je... elle se tuerait pour échapper à la honte !

GUILLERY, haussant les épaules.

Se tuer !... (Pause; avec crainte.) Voyons, Guillaume, tu crois vraiment...

GUILLAUME.

Sois prudent, voilà tout.

(Il sort.)

SCÈNE VI

GUILLERY, seul.

Se tuer !... Ce Guillaume est absurde !... (Se dirigeant vers l'escalier.) Oui, absurde !... (Il s'arrête.) C'est étrange !... je n'ose pas monter !... Les paroles de Guillaume me troublent !... Oh ! non, elle est vivante encore !... (S'arrêtant de nouveau.) Mais si le bruit de mes pas... Si elle allait réellement... Eh non ! non! allons !...

(Il monte; la porte d'en haut s'ouvre brusquement; Blanche s'élance sur le balcon, pâle, épouvantée, dans son blanc costume de fiancée, un poignard à la main. Guillery s'arrête. Blanche descend, Guillery recule à mesure qu'elle avance.)

SCÈNE VII

BLANCHE, GUILLERY.

BLANCHE.

Vous êtes bien le réprouvé... l'ange rebelle... l'ange fatal !... Vous à qui je dois tant, vous avez voulu remplacer vos bienfaits par un crime !... Vous avez brisé le piédestal où je vous avais placé... et vous êtes tombé si bas, que ma reconnaissance elle-même hésite à vous reconnaître !

GUILLERY, farouche.

Dites, dites... Je suis de ces hommes que le crime même n'étonne pas, et qui acceptent la responsabilité de leurs actes!

BLANCHE, avec calme et dignité.

Oui, oui, c'est cela !... Vous vous êtes dit : Mes passions
n'auront que ma volonté pour frein; mon audace, que l'impossible pour limite!... Vous vous êtes dit : J'épouvanterai
même Dieu, dans son église; et cette frêle créature, cette
pauvre fille que son père mourant a fiancée, je l'em-
porterai comme l'aigle emporte sa proie, et elle sera
à moi malgré elle-même, et je l'insulterai, et je l'outra-
gerai, et elle ne sera pas ma femme, pas même mon
esclave; elle sera ma maîtresse!... Vous les avez dites, ces
choses horribles... et si haut que je les ai entendues!... Eh
bien, malgré votre audace, vos violences, vos menaces... malgré
la pensée impie qui vous domine... je vous dis, moi, que
votre cœur vaut mieux que vos paroles, et que vous allez
m'ouvrir cette porte !

(Elle étend la main vers la petite porte du fond.)

GUILLERY, avec un rire sauvage.

Après?...

BLANCHE, montrant son poignard.

Je me suis emparée de ce poignard que je tenais d'une
main ferme... je me serais tuée!... Eh bien, je n'en ai plus
besoin!... (Elle jette le poignard.) Me voilà désarmée, et vous allez
m'ouvrir cette porte!...

GUILLERY, riant.

A vous?...

BLANCHE.

A moi, et à l'instant même!...

GUILLERY.

Mais regardez-moi donc?...

BLANCHE.

Je vous regarde!... (Guillery comme fasciné, recule et baisse les yeux.)
Vous n'osez pas soutenir mon regard. Je n'ai qu'un mot à
dire pour être obéie.

GUILLERY.

Un mot!

BLANCHE.

Un seul... Je vous aime!... Ouvrez-moi cette porte!

GUILLERY.

Ah!... (Blanche étend de nouveau la main vers la porte, Guillery s'incline et va l'ouvrir.) Vous êtes libre !

BLANCHE.

Merci!...

(Elle se dirige vers la porte.)

SCÈNE VIII

BLANCHE, GUILLERY, GUILLAUME.

GUILLAUME, criant au dehors.

Aux armes !... à la rescousse !...

ANGELETTE, paraissant au haut de l'escalier.

Qu'est-ce donc encore !...

GUILLAUME, entrant.

Frère, le comte a rallié les fuyards... ils ont surpris la ferme... ils pénètrent jusqu'à nous !... Je vais chercher du renfort.

GUILLERY, se jetant sur ses armes.

Je te suis, va ! (Guillaume sort par le premier plan, à droite.—A Blanche.) Moi absent, mes compagnons me maudiraient! Dieu vous garde, Blanche!

(Un des capitaines entre suivi de quelques hommes.)

LE SOLDAT.

Les voilà ! les voilà!

GUILLERY.

Mourons comme nous avons vécu, l'épée au poing.

(Au même instant, à la tête de ses soldats paraît Gaston de Jussac.)

SCÈNE IX

GUILLERY, BLANCHE, GASTON, SOLDATS.

GASTON, à ses soldats, en étendant son épée vers Guillery.

Feu!...

BLANCHE, se jetant au-devant de Guillery.

Ah!...

GASTON.

Arrêtez!...

TOUS.

Non, non, qu'il meure!

GUILLERY, la repoussant.

Blanche!... On vous tuerait pour s'emparer de moi!...

TOUS.

Qu'il meure!

GUILLERY, jetant son épée.

Je me rends!...

(Les soldats se précipitent sur Guillery; on lui lie les mains.)

DEUXIÈME TABLEAU
La Citerne aux Loups

Le théâtre est transversalement coupé en deux parties; au-dessous, un souterrain, au-dessus, une forêt. — Au-dessus, à droite, la cabane du Pastour de la Citerne aux Loups; au fond de la cabane, un lit; un anneau de fer servant à soulever une trappe, qui s'ouvre sur un escalier qu'on aperçoit descendre en serpentant dans le décor de dessous. — Dans la cabane, au lever du rideau, le pastour, assis sur un escabeau et enveloppé dans son manteau, achève de mettre ses guêtres. — Du côté opposé à la cabane, la Citerne aux Loups, descendant aussi dans le souterrain. — Au lever du rideau, il neige; il fait nuit.

SCÈNE PREMIÈRE

LE PASTOUR, LE LIEUTENANT.

LE LIEUTENANT, arrivant.

La Citerne aux loups!... Voici la cabane!... (Poussant la porte. Au pastour.) Eh! le pastour!... Nous chevauchons depuis douze

heures dans la neige, le capitaine Gaston est brisé de fatigue
et transi de froid... il va t'emprunter ta niche pour se re-
poser un instant... Allons, alerte !

LE PASTOUR.

Bon, bon... Le jour va venir, on allait rejoindre ses bêtes,
ça ne dérange personne...

LE LIEUTENANT.

C'est heureux...

LE PASTOUR, entre ses dents, en bouclant ses guêtres.

Eh ! que oui, c'est heureux !...

LE LIEUTENANT, à part.

Ce pauvre capitaine, il n'est pas habitué à ces corvées-là...

LE PASTOUR, sortant de la cabane, au Lieutenant.

Il a de la chance, votre capitaine... On a mis au lit de la
paille propre ce matin... Ah ! dam ! c'est comme qui dirait
des draps blancs, quoi... Enfin, on fait ce qu'on peut... On
n'est pas parcimonieux pour être pastour... mais on n'est pas
riche non plus.

LE LIEUTENANT, lui donnant une pièce d'argent.

Voici pour toi...

LE PATOUR, prenant l'argent.

Ce n'est pas par intérêt que j'accepte...

(Arrivent des soldats.)

SCÈNE II

LES MÊMES, LES SOLDATS.

PREMIER SOLDAT.

Lieutenant, où faut-il dresser la tente du capitaine?...

LE LIEUTENANT.

Inutile.

PREMIER SOLDAT, à son camarade.

Un peu de feu ne nuirait pas... Va nous chercher une brassée de bois.

DEUXIÈME SOLDAT.

Une brassée... Ah! bien, oui! une charge de mulet, pour le moins, on gèle!

(Il sort.)

LE PASTOUR, riant.

Hé! hé! hé!... ils sont bons, ces militaires!

LE LIEUTENANT.

Hein?...

LE PASTOUR.

Oh! rien... je disais... (Saluant.) Sauf votre respect, mes bêtes vont s'ennuyer sans moi.

(Il s'en va; le deuxième soldat revient avec sa charge de bois.)

DEUXIÈME SOLDAT.

Voilà!... (Le deuxième soldat, occupé à faire le feu :) Le capitaine... était-il assez entortillé dans son manteau, hein?

PREMIER SOLDAT.

Par le temps qu'il fait, il a raison. Le voilà!...

(Arrive Gaston, suivi de Gobéus, puis de Guillery. — Guillery a les mains liées; il est gardé à vue par trois soldats.)

SCÈNE III

GASTON, GUILLERY, LE LIEUTENANT, GOBÉUS,
LES SOLDATS.

GASTON, relevant le collet de son manteau.

Ouf! quelle nuit et quel froid!... brr!... Deux batailles en un jour et douze heures de marche forcée, ça commence à bien faire... (Bâillant.) Je crois que je dormirai rudement cette nuit... Je suis rompu! (Aux trois hommes qui gardent Guillery.) Nous allons attendre ici le retour du courrier que j'ai envoyé au lieutenant de roi à Rennes..... Selon sa réponse, nous disposerons du prisonnier... (A part.) Belle capture, vrai

Dieu!... On aura bien vite raison des autres, et mon gouvernement ne se fera pas attendre... (Haut.) Lieutenant!... (Le lieutenant approche.) Placez une ligne de sentinelles au bas de la montée et autour du bois, et une double rangée d'hommes résolus à cette entrée jusqu'au retour du courrier... Vous ne laisserez sortir personne... vous m'entendez : personne?...

LE LIEUTENANT, s'inclinant.

Oui, capitaine...

GASTON, au lieutenant qui s'éloigne.

Pas même moi.

(Il sort.)

LE LIEUTENANT.

C'est bien, capitaine...

(Il s'éloigne.)

GOBÉUS, à part.

Un ordre précis et qui rend impossible toute évasion.

GASTON, examinant Guillery.

Nous sommes beau joueur, à ce qu'il paraît, nous perdons sans nous plaindre?... Vive Dieu! notre duel finit sur un échafaud, mon capitaine, et c'est le bourreau qui tient l'épée!...

GOBÉUS, riant.

Ah! bien dit, capitaine... et je serai l'un des témoins... Je suis venu pour cela, moi!... (A Guillery.) Je n'ai jamais vu écarteler, ni rouer, je profite de l'occasion.

PREMIER SOLDAT, montrant Guillery.

Voyez le chien, s'il desserrera les dents! (A Guillery.) Hé!... es-tu muet, coupeur de bourses?...

DEUXIÈME SOLDAT.

Bandit! brigand!

TROISIÈME SOLDAT.

Voleur! détrousseur de pauvres gens!

PREMIER SOLDAT, levant la main sur Guillery.

Hum! face de traître!

GASTON, arrêtant le soldat.

' Un homme sans défense !... ce serait lâche pour un soldat ! (A part.) Prenons un peu de repos, si c'est possible. (Aux trois hommes qui gardent Guillery.) Écoutez-moi bien, vous autres : je vous confie la garde de cet homme ; il a les mains liées, et vous êtes trois ; mais il est hardi, entreprenant, dangereux. Je vous engage à veiller sur lui avec soin. C'est plus qu'un chef de bande, c'est un prisonnier d'État. Je vous pose nettement les choses. S'il vous échappe, je vous fais fusiller à l'instant même. Vous voilà avertis.

PREMIER SOLDAT.

Soyez sans crainte, capitaine ; s'il s'en tire, il faudra que ce soit le diable en personne.

DEUXIÈME SOLDAT.

Il doit bien en être un peu le cousin germain ; mais c'est égal, capitaine, c'est égal, nous vous répondons de lui.

(Bruit de voix.)

GASTON, se retournant.

' Hein !... Qu'est-ce que cela ?... Déjà le courrier !

(Arrive Angelette, suivie de Martin.)

SCÈNE IV.

LES MÊMES, ANGELETTE, MARTIN.

GASTON.

Angelette !... que viens-tu faire ici ?...

ANGELETTE, essoufflée.

Ah !... monsieur le comte, un instant... je n'en peux plus... J'ai tant couru... j'étouffe !...

MARTIN, à la sentinelle qui veut l'empêcher de passer.

Mais, c'est ma femme... mais je suis avec ma femme !...

(Il passe.)

ANGELETTE, respirant.

· Ça va mieux. Mademoiselle de Penhoël m'a remis cette lettre pour vous !...

(Elle présente une lettre à Gaston.)

MARTIN.

Et comme elle avait peur d'avoir peur, je l'ai accompagnée, et nous voilà.

GASTON, à part.

Que peut-elle m'écrire?... (Un soldat allume une torche et éclaire Gaston. — Li-ant.) « Gaston, au nom de ce que vous avez de plus » cher, ne repousse pas ma demande. Accordez-moi la grâce » de Guillery. Je lui dois la vie; plus que la vie, l'honneur. » En tout cas, ne vous hâtez point; suspendez l'exécution de » ce malheureux; je vais écrire au roi; la reconnaissance me » fait un devoir de le sauver. Blanche. » (Pliant la lettre, à part.) Un caprice de jeune fille... Ce serait folie!... (A Angelette, en lui montrant la cabane.) Dans un instant tu viendras chercher ma réponse.

ANGELETTE, l'arrêtant.

Le sauverez-vous, capitaine?...

GASTON.

L'affaire ne me regarde plus, j'attends les ordres du lieutenant du roi. (Il entre dans la cabane, jette son manteau, son chapeau, son épée sur l'escabeau, puis s'assied à la table.) Écrire!... Comme les doigts, j'ai l'esprit engourdi par le froid!... Ma foi, je tombe de sommeil.

(Il se couche et s'endort.)

GOBÉUS, aux soldats, en leur montrant Guillery.

Il ne dit rien... Eh bien! je parie qu'il médite un tour de sa façon.

PREMIER SOLDAT.

On aura l'œil sur lui; et s'il bouge, on lui casse la tête d'un coup de mousquet.

GOBÉUS.

D'autres l'ont dit, et personne ne l'a fait; le mieux est de le mettre en lieu sûr, je ne vous dis que ça... Il est rancunier et malin... il se sauverait rien que pour vous faire fusiller, je ne vous dis que ça encore!...

ANGELETTE, à Gobéus.

Ah ! fi !... Vous voulez les ameuter contre ce malheureux... vous êtes un méchant homme !

GOBÉUS.

Bon, bon! quand il vous aura braqué un pistolet sous le nez et promené votre maison sur ses épaules avec vous dedans, vous serez moins compatissante, ma mignonne !

ANGELETTE.

Railler un homme qui va peut-être mourir, c'est honteux !

PREMIER SOLDAT.

Ouais! ma mignonne, nous nous intéressons à ce point à ce brigand!

DEUXIÈME SOLDAT, lui prenant la taille.

Ma douce colombe, nous avons donc le cœur tendre !...

ANGELETTE, lui détachant un soufflet.

Et la main leste !...

DEUXIÈME SOLDAT, se frottant la joue.

Peste ! douce colombe, vous êtes vive !

MARTIN, riant.

Voilà comment elle est, ma femme.

GUILLERY, à part.

Elle m'aime !... Je n'ai que ce mot dans la tête et dans le cœur !... être aimé d'elle !... et je vais mourir !...

GOBÉUS, aux soldats, montrant Guillery.

Quant à de l'audace, il en a pour toute votre compagnie !... A preuve qu'à Rennes, il s'est moqué du prévôt en pleine place publique. Lui-même, il a crié la mise à prix de sa tête. C'est assez fort, hein?... Mais, voilà cinq ans, on l'avait fait prisonnier; on l'avait pour ainsi dire muré dans une tour, tout en haut : le lendemain, il n'y était plus : il était descendu comme un chat, en s'accrochant à ses draps.

PREMIER SOLDAT.

C'est donc vrai, ça?

GOBÉUS.

Tiens, si c'est vrai!... Une autre fois... c'est le capitaine qui vient de le raconter tout à l'heure...

DEUXIÈME SOLDAT.

J'y étais! On le conduisait à Bordeaux... (A Gobéus.) C'est bien ça, hein?

GOBÉUS.

Si vous ne le saviez pas, il fallait me laisser dire...

DEUXIÈME SOLDAT, levant la main.

Comment?...

GOBÉUS, vivement.

Oui, à Bordeaux!

DEUXIÈME SOLDAT.

On l'avait confié à vingt hommes de cavalerie; il était attaché sur une jument; il faisait nuit, les chevaux trottaient à qui mieux mieux. Arrivés à Bordeaux...

GOBÉUS.

Pas plus de Guillery que de cathédrale sur la Gironde!...

DEUXIÈME SOLDAT.

Ce brigand avait coupé les courroies avec ses dents, et s'était laissé glisser dans un fossé!...

PREMIER SOLDAT.

Vous commencez à m'effrayer, vous autres!... c'est que le capitaine nous ferait fusiller tout net, comme il l'a dit, si ce brigand nous échappait!... Ah! une idée!... Vous ne seriez pas fâchés de le mettre en lieu sûr et de faire une partie de dés, pas vrai?

TROISIÈME SOLDAT.

Oui!...

DEUXIÈME SOLDAT.

Et d'autant plus que j'ai une revanche à prendre...

PREMIER SOLDAT.

Bon !... Nous allons alors le descendre là dedans... nous fermerons l'entrée avec cette planche qui nous servira de table à jouer ?...

DEUXIÈME SOLDAT.

Ça, j'en conviens, sergent, vous n'êtes pas farci d'idées, mais c'en est une.

PREMIER SOLDAT.

A l'œuvre donc !...

ANGELETTE, les arrêtant.

Comment... dans la Citerne aux Loups ?...

GOBÉUS.

Bon, bon ! les loups ne se mangent pas entre eux. (Se frottant les mains.) Ah ! ah ! c'est assez drôle, ça !...

PREMIER SOLDAT.

Vous voyez bien... le particulier trouve l'idée bonne.

GOBÉUS.

Excellente ! excellente !

ANGELETTE.

Mais, monsieur le soldat, il y a peut-être de l'eau, là dedans !...

GOBÉUS.

S'il y a de l'eau, alors il n'y a pas de loups.

ANGELETTE, bas, à Gobéus.

Vous êtes encore plus méchant que bête, vous !...

GOBÉUS, riant.

A moins qu'il n'y ait des loups marins !...

ANGELETTE, le pinçant.

Je vous hais !

GOBÉUS.

Aïe !... (Il prend une pierre et la jette dans la citerne.) Mais il n'y a pas d'eau, heureusement !...

DEUXIÈME SOLDAT.

Alors, c'est dit... Des cordes?

TROISIÈME SOLDAT, fouillant dans son bissac.

En voilà!...

GOBÉUS, sautant de joie.

Hi! hi! c'est drôle!...

ANGELETTE.

Mais, messieurs, écoutez-moi... c'est de la cruauté, le malheureux va mourir de froid!

PREMIER SOLDAT.

Il n'aura que ce qu'il mérite.

ANGELETTE.

Enfin, puisqu'il est attaché, il ne peut fuir!

DEUXIÈME SOLDAT.

Allons, allons, joli minois, faites-nous place!

ANGELETTE.

Les méchants hommes!...

GUILLERY, à part.

Je suis perdu!...

(On l'entoure.)

ANGELETTE, à Martin.

Comment! tu ne dis rien?

MARTIN.

Eh bien! faut-il pas que je prenne sa place?... Ah! quand il était blessé et malade chez nous, si 'avais su que c'était...

ANGELETTE.

Tu l'aurais livré, pas vrai?...

MARTIN.

Je ne dis pas ça, mais...

ANGELETTE.

Mais quoi?...

MARTIN.

Dame! mais je ne vous aurais pas laissés si souvent seuls ensemble dans les petits coins. Ces bandits, ça vous embrasse quelquefois malgré vous.

ANGELETTE.

Tu me soupçonnerais?...

MARTIN.

Toi, non... mais lui!...

ANGELETTE.

Tu ne sais pas ce que tu dis !...

(Pendant cette scène on a descendu Guillery dans la citerne.)

TROISIÈME SOLDAT, remettant le couvercle de la citerne.

Là... maintenant le couvercle !... S'il s'échappe, maintenant, nous n'aurons pas de chance.

ANGELETTE, à part.

Pauvre Guillery !...

QUATRIÈME SOLDAT.

Le feu s'éteint, encore une brassée de bois.

MARTIN.

Je vais vous en chercher.

(Il sort.)

TROISIÈME SOLDAT.

J'ai des dés!... Jouons-nous?...

PREMIER SOLDAT.

Parbleu !... (A Gobéus.) Jouez-vous?

GOBÉUS.

Avec plaisir.

PREMIER SOLDAT, bas, au deuxième soldat.

Si nous raflions les écus de cet intrus?

DEUXIÈME SOLDAT.

Un bourgeois, il nous doit bien ça !...

(Ils jouent sur la citerne.)

ANGELETTE, *regardant dans la caban*

Le capitaine s'est endormi.

PREMIER SOLDAT.

Allons, à toi !

DEUXIÈME SOLDAT.

Huit.

GOBÉUS.

A moi !... deux.

TROISIÈME SOLDAT.

Vous avez perdu.

GOBÉUS.

Ma revanche !

PREMIER SOLDAT.

Allez !...

(Ils jouent.)

ANGELETTE, *à part.*

Ce pauvre Guillery !... Si je pouvais lui dire adieu, au moins !... Comme il doit souffrir !... c'est horrible ! (Discussion des soldats.) La trappe est toujours là... (Entrant dans la cabane.) Oui !... si j'osais... (Se baissant pour soulever la trappe.) Oh ! non, j'ai trop peur... Je me souviens toujours de ce pauvre enfant dévoré... Je ne puis pourtant pas le laisser mourir sans un adieu !... Il est si malheureux !... (Elle ouvre la trappe.) Notre-Dame d'Auray, protégez-moi !... (Elle descend une marche, puis s'arrête.) Ce bruit ?... Non, c'est le vent !... (Elle descend une seconde marche, puis s'arrêtant.) S'il y avait des loups !... (Descendant.) Allons !

UN SOLDAT, *entrant dans la forêt.*

Mais il ne revient pas avec son bois, cet autre.

ANGELETTE, *au bas de l'escalier.*

Comme il fait noir !...

GUILLERY, *dans la citerne.*

Cette fois, je suis bien pris. Mais si jamais j'en réchappe, sur mon âme, ils me le payeront !

ANGELETTE, *tâtant les murs de la citerne.*

Comment lui parler ? (Elle cherche.) Ah ! une crevasse ! (Appelant à travers la muraille.) Guillery !

GUILLERY, prêtant l'oreille.

Mon nom ?

ANGELETTE.

Guillery !

GUILLERY.

J'ai bien entendu !... qui m'appelle ?...

ANGELETTE.

C'est moi, Angelette !...

GUILLERY.

Angelette ?

ANGELETTE.

Je viens te faire mes adieux, mon pauvre Guillery, pour que
tu entendes une bonne parole avant de mourir.

GUILLERY.

Merci !... ma bonne Angelette, merci... mais si je pouvais
vivre, ça ne gâterait rien.

ANGELETTE.

Dieu seul peut te sauver mon pauvre Guillery...

(Elle pleure.)

GUILLERY, à part.

Elle pleure !... brave fille !...

GOBÉUS, se jettant sur les dés.

Comment, douze ?...

DEUXIÈME SOLDAT, ramassant les dés.

Vous n'avez donc pas vu ?...

GOBÉUS.

Mais j'ai vu huit !

PREMIER SOLDAT.

Allons, allons, c'est douze. Vous êtes manche à manche. La
belle !...

(Ils jouent.)

GUILLERY, à Angelette.

Voyons... Tu auras tout le temps de me pleurer quand je
serai mort... Essaye plutôt de me sortir d'ici ?...

5.

ANGELETTE.

- Impossible !... et d'ailleurs, il n'y aurait qu'un chemin pour fuir; un escalier qui mène dans la cabane, et la cabane est occupée par le capitaine.

GUILLERY.

C'est égal, tire-moi d'abord de ce puits, j'aviserai après.

ANGELETTE.

Mais les murailles sont solides !

GUILLERY.

Cherche, il y a peut-être quelque ouverture... Moi, j'ai les mains liées.

ANGELETTE.

Hélas !...

(Elle promène ses mains sur le mur.)

GUILLERY.

Tiens, là, une pierre a remué.

ANGELETTE.

Où ?

GUILLERY.

A ta hauteur. (Angelette essaye; une pierre remue.) C'est cela, hardi, ferme, courage !...

PREMIER SOLDAT, à Gobéus.

Ah çà' bourgeois, est-ce que vous tricheriez, par hasard?...

GOBÉUS.

Moi ! si on peut dire !

DEUXIÈME SOLDAT.

Au fait, vous avez perdu toutes les autres parties, et vous gagnez celle-là, ce n'est pas naturel !

ANGELETTE, ébranlant la pierre.

Voilà !

(La pierre tombe.)

GUILLERY.

Continue !

(Angelette recommence.)

PREMIER SOLDAT, à Gobéus, qui se confond en explications.

Eh ! prenez garde, nous vous enverrions rejoindre Guillery dans la citerne, savez-vous ?...

GOBÉUS.

Voulez-vous que nous recommencions ?

PREMIER SOLDAT.

Pour vous obliger, je le veux bien.

(Il jouent.)

ANGELETTE, épuisée.

Les autres pierres sont trop solides... C'est tout ce que je puis faire pour toi.

GUILLLERY, passant ses mains par le trou.

Défais-moi ces liens, je vais t'aider ! (Angelette détache les cordes.) Merci !... Maintenant, à l'œuvre !

(Il se met à attaquer la maçonnerie. Angelette l'aide de son côté.)

MARTIN, revenant avec une charge de bois.

En voilà !... et du bon... mais ça n'a pas été facile à trouver.

(Il fait le feu.)

GUILLERY.

Victoire ! voici un pan de mur qui cède. Bon !... il y a place pour passer. (Se ravisant.) Ah ! un bon tour ! (Il attache la corde qui le liait à une grosse pierre, puis il passe et prend Angelette par la taille.) Vertu de ma vie ! c'est un fier service que tu m'as rendu là !

PREMIER SOLDAT, à Martin.

Vous avez une jolie femme, savez-vous ?

MARTIN.

Ah ! dame ! je l'ai choisie comme ça, mais pour moi seul.

GUILLERY, embrassant Angelette à plusieurs reprises.

Tiens, tiens, encore !

PREMIER SOLDAT, se chauffant.

Le coquin de froid !

ANGELETTE.

Tout va mal, mon pauvre Guillery. Mademoiselle de Penhoël m'a envoyé porter au comte une demande en grâce pour
toi, et le comte a refusé.

GUILLERY, à part.

Chère Blanche !

ANGELETTE.

Ne perdons pas de temps... par où vas-tu fuir ?

GUILLERY.

Je vais te dire cela tout à l'heure... quand je le saurai. Cet
escalier ?

ANGELETTE.

Je t'ai prévenu, il mène à la cabane où est le capitaine.

GUILLERY.

Diable !

(Il cherche de tous les côtés.)

LE SOLDAT, tirant sa gourde.

Une goutte ne ferait pas mal. (Il boit, puis passe la gourde aux
autres.) A vous !

GUILLERY.

Pas d'issue ! Mort de ma vie ! je ne vais pas pourrir ici pourtant ! (Il cherche encore.) Rien ! Va pour l'escalier !

(Ils montent l'escalier; le théâtre baisse, le souterrain disparaît, la forêt se trouve de
plain-pied ; les soldats continuent à jouer ; l'aube commence à poindre.)

ANGELETTE.

Mais-le capitaine ?...

GUILLERY.

Que veux-tu, je n'ai pas le choix.

ANGELETTE.

Après le capitaine, tu auras les soldats qui ont reçu l'ordre
de ne laisser passer personne ?

GUILLERY.

Oui, je sais bien qu'il vaudrait mieux être à se chauffer les mollets au coin d'un bon feu. Enfin! viens, si tu as peur, tu te mettras derrière moi.

GOBÉUS, jouant avec joie.

Douze!

PREMIER SOLDAT, fronçant les sourcils.

Hein?

DEUXIÈME SOLDAT, frisant sa moustache.

De quoi!

GOBÉUS, vivement.

Non, non, je me suis trompé... Je n'ai que six.

LE SOLDAT.

A la bonne heure!...

GOBÉUS, à part.

J'ai eu une drôle d'idée de jouer avec ces sacripants-là !

(La partie continue. — Angelette et Guillery dans la cabane.)

GUILLERY, bas, à Angelette en montrant Gaston.

Il dort!

ANGELETTE.

Dieu soit loué!

GUILLERY, mettant le manteau de Gaston et son chapeau, qu'il rabat sur ses yeux; à part.

De l'audace!

(Il sort.)

ANGELETTE, le suivant, à part.

Pourvu que le comte ne se réveille pas!

GUILLERY, hors de la cabane, aux soldats.

Il fait plus froid que jamais, compagnons!

(Il s'enveloppe jusqu'au nez et s'avance pour sortir.)

LA SENTINELLE.

On ne passe pas!

GUILLLERY, voulant passer.

Moi!

LA SENTINELLE, menaçant.

Mort de ma vie? je n'ai que ma consigne; on ne passe pas!

GUILLERY, s'arrêtant.

C'est bien, tu fais ton devoir, tu es un brave soldat.

(Il va plus loin.)

LA DEUXIÈME SENTINELLE, lui barrant le passage.

On ne passe pas!

GUILLERY, revenant, à part.

La consigne est rigoureusement observée! Le temps presse! L'autre peut se réveiller!

ANGELETTE, à part.

Oh! il est perdu!

GUILLERY, à un soldat.

Mon cheval! (Le soldat sort et revient avec le cheval, qu'il tient par la bride. — Guillery, tapant du pied en marchant.) Le maudit froid!... (A part, en regardant le cheval en dessous.) Une bête de race! On doit pouvoir avec elle bondir et disparaître comme un éclair! Que résoudre?... Eh! vive Dieu! c'est clair : m'élancer sur ce cheval, tomber au milieu d'eux comme la foudre, tuer les uns, terrifier les autres, et disparaître, ou mourir tête haute et debout sur mes étriers! Allons!

(Le jour paraît.)

LE LIEUTENANT, arrivant.

Capitaine, voici le courrier qui apporte la réponse du lieutenant du roi.

GUILLERY.

Lisez pour moi, lieutenant.

LE LIEUTENANT, lisant.

«Le comte de Mornay, lieutenant du roi en Bretagne, au
» comte de Jussac; salut!... Le roi saura vos hauts faits d'ar-
» mes... Donnez ordre qu'on dirige le prisonnier sur la forte-
» resse royale. Son supplice doit être un exemple et une jus-
» tice... Quant à vous, comte, nous avons à vous instruire des
» marches et contre-marches des Guillery et à vous soumettre
» un nouveau plan de campagne. Venez vite; vous rejoindrez
» vos troupes à la forteresse. Signé : MORNAY. »

(Pendant cette lecture, Guillery est monté à cheval, toujours enveloppé
de son manteau.)

GUILLERY, à cheval.

Le lieutenant a mes pleins pouvoirs. (Au lieutenant.) Ces trois hommes sont commis à la garde de Guillery. Lieutenant, si le prisonnier leur échappe, vous les ferez fusiller sur-le-champ... (Montrant Gobéus.) Et cet imbécile aussi... qui ne nous aurait suivi que pour aider à son évasion. Ceci dit, au revoir... A la forteresse du roi, compagnons, à la forteresse!...

(Il disparaît.)

ANGELETTE, à part.

Sauvé!

TOUS, criant.

Vive le capitaine! vive le capitaine!

LE LIEUTENANT, aux soldats.

Allons, en route, mes enfants, et le plus lestement possible! (Aux trois hommes.) Le prisonnier!

(Les soldats enlèvent le couvercle de la citerne.)

PREMIER SOLDAT.

Hein! quelle mine il va faire?

(Ils tirent péniblement la corde.)

DEUXIÈME SOLDAT, tirant.

Est-il lourd, ce sauvage-là!

PREMIER SOLDAT.

Il se fait lourd pour nous faire pièce. Allons, hi! hi!

GOBÉUS.

Je vais vous aider.

TOUS, tirant.

Allons, hi!... allons, hi!...

(Ils tirent.)

PREMIER SOLDAT, au deuxième soldat.

Étends la main, tu le prendras par la tête!

DEUXIÈME SOLDAT, plongeant la main dans la citerne.

Voilà!

(Ils amènent une grosse pierre.)

TOUS, avec stupéfaction.

Une pierre!

GOBÉUS.

Comment, une pierre!

LE LIEUTENANT, furieux.

Trahison!...

GASTON, qui s'est réveillé depuis un moment, sortant de la cabane.

Mort de ma vie! qu'y a-t-il?

LE LIEUTENANT, à Gaston.

Le prisonnier s'est évadé!

GASTON.

Évadé! (Allant à la cabane.) Mon chapeau, mon manteau... (Allant au fond.) Donnez l'alarme!... (Criant.) Sentinelles, veillez! (Ce cri se répète par trois fois, puis on entend un coup de feu.) Il est de ce côté... En route, messieurs! nous fouillerons le bois, les taillis, les rochers, et, vive Dieu! nous le retrouverons. (On entend plusieurs coups de feu. — Montrant les soldats et Gobéus.) Qu'on fusille ces trois traîtres, et ce misérable après...

(Le Capitaine se dirige par le fond; le Lieutenant fait signe à deux soldats de s'emparer de Gobéus, qui se débat.)

FIN DU TROISIÈME ACTE

ACTE QUATRIÈME

PREMIER TABLEAU
Le Dévouement

Un petit salon attenant à la chambre à coucher de Blanche. — Porte au fond ; portes latérales.

SCÈNE PREMIÈRE

BLANCHE, LA DUCHESSE.

(Elles sont assises toutes deux l'une à côté de l'autre ; Blanche est pâle, agitée.)

LA DUCHESSE.

Votre aventure aussi était des plus romanesques... enlevée par un bandit, presque dans une église!...

BLANCHE, se levant, à part.

Et Angelette qui ne revient pas!

LA DUCHESSE, à part.

Comme elle est agitée!... (Se levant.) Mais cela suffit pour vous mettre à la mode!... Dame! être aimée ainsi, c'est n'être pas la première venue.

BLANCHE, à part.

Ne s'en ira-t-elle pas!

LA DUCHESSE, riant.

Une déclaration d'amour à coups d'épée et de mousqueton... C'est égal, il doit bien vous aimer...

BLANCHE.

C'est un malheur.

LA DUCHESSE.

Oui, certes, mais il le payera, et on n'en parlera plus.

BLANCHE, à part.

Ah! mon Dieu!...

LA DUCHESSE.

Mais qu'avez-vous donc?..,

BLANCHE, se redressant.

Rien, rien!...

LA DUCHESSE, à part.

Elle l'aime!... Elle n'épousera pas le comte!...

BLANCHE, à part.

Angelette est-elle arrivée à temps!...

LA DUCHESSE.

Ma chère, voulez-vous me permettre d'aller demander à monsieur de Trailles de ses nouvelles?...

BLANCHE.

Ne vous gênez pas, madame.

LA DUCHESSE, à part.

Gaston peut encore me revenir. (A Blanche.) Au revoir donc. (A part.) Un mot glissé adroitement à mon oncle, on la ramène à son couvent, et Gaston me reste.

(Elle sort.)

SCÈNE II

BLANCHE, seule.

J'étouffais sous son regard!... Eh! que m'importe!... qu'elle aille au fond de mon cœur, elle y verra la vérité!... Oui, je l'aime!... Ah! je peux l'avouer, cet amour, il lui a été assez fatal!... Quelle nuit!... On l'avait garrotté... On l'insultait!... Vainqueur, je l'aurais fui... J'aurais arraché son souvenir de mon cœur comme une honte... Mais vaincu, humilié, condamné, je lui envoie toute mon âme dans une suprême pensée. (Joignant les mains.) Seigneur, ayez pitié de lui!... Seigneur, Seigneur, ayez pitié de moi!...

SCÈNE III

BLANCHE, ANGELETTE.

BLANCHE.

Ah! Angelette!... Il est sauvé, n'est-ce pas?...

ANGELETTE.

J'ai remis votre lettre au comte.

BLANCHE.

Oui, oui, mais lui?...

ANGELETTE, hésitant.

Lui!...

BLANCHE, se levant.

Eh bien?...

ANGELETTE.

On peut encore espérer, mademoiselle!...

BLANCHE.

Espérer? quoi? comment? que s'est-il passé?...

ANGELETTE.

Il n'est que blessé!...

BLANCHE.

Blessé!

ANGELETTE.

On l'avait enfermé dans la Citerne aux loups... malgré ma peur, j'y suis descendue... J'ai délié ses liens... il était sauvé!... On ne voyait déjà plus son cheval!... Tout à coup l'alarme est donnée... le tambour bat. . les sentinelles se répondent... des coups de feu éclatent!.. . et quand on est arrivé sur la place où l'on s'était battu, on l'a trouvé blessé et garrotté de nouveau, à côté des hommes qu'il avait tués!...

BLANCHE.

Ah! mon Dieu!

ANGELETTE.

On a voulu le fusiller. Mais heureusement que le comte avait reçu l'ordre du lieutenant général de conduire le prisonnier à la forteresse royale... Il leur a fait entendre raison !... Ah ! pauvre monsieur Guillery, pauvre monsieur Guillery!

BLANCHE, perdant la tête.

Où est le comte?

ANGELETTE.

A Rennes, chez le lieutenant général.

BLANCHE.

Va lui dire que je l'attends !

ANGELETTE.

Bon Dieu! mais il ne m'écoutera pas! Il a voulu faire fusiller mon mari à ma place parce que j'avais aidé à la fuite de Guillery!

BLANCHE.

Dis-lui que tu viens de ma part et que j'entends que tu sois respectée. Va!...

ANGELETTE.

Faire fusiller mon mari !... un innocent !...

BLANCHE.

Va, va'...

(Angelette sort.)

SCÈNE IV

BLANCHE, seule.

Oui, je le verrai !... D'ailleurs, on ne tue pas un homme sans procédure... il faut le juger, le condamner... Tout cela demande du temps, et s'il faut écrire au roi, j'écrirai !... Le roi!... mais Guillery a été en rébellion contre lui !... Oh ! ma tête!... Non, le comte seul peut le sauver!... Le voudra-t-il ?... S'il allait soupçonner mon amour?... Ah ! mon Dieu, mon Dieu ...

(Elle tombe dans un fauteuil en pleurant. — La duchesse entre.)

SCÈNE V

BLANCHE, LA DUCHESSE.

BLANCHE, se levant vivement, et lui prenant la main.

Duchesse, c'est Dieu qui vous envoie !...

LA DUCHESSE.

Quel malheur vous est donc arrivé ?

BLANCHE.

Un malheur irréparable, si vous n'avez pitié de moi !...

LA DUCHESSE.

Alors, parlez, chère enfant, c'est chose faite, je vous écoute, ordonnez !

BLANCHE, lui baisant les mains.

Oh ! que vous êtes bonne !

LA DUCHESSE.

Mais, qu'est-ce donc ?...

BLANCHE.

Écoutez... comment vous dirai-je cela ?...

LA DUCHESSE.

Comme tout ce qui nous coûte à dire, en commençant par la fin.

BLANCHE.

Sauvez Guillery !

LA DUCHESSE.

Vous l'aimez ?...

BLANCHE.

Voyez mes larmes !

LA DUCHESSE.

Et le comte ?... vous renoncerez à son alliance ?...

BLANCHE.

Je le dois.

LA DUCHESSE.

Eh bien! confidence pour confidence : J'aime Gaston!...

BLANCHE.

Vous sauverez ce malheureux, n'est-ce pas?

LA DUCHESSE.

C'est entendu, je le délivre, vous renoncez à Gaston...

BLANCHE.

C'est entendu, c'est entendu!

LA DUCHESSE.

Ah! donnez-moi une plume et de l'encre, je vais écrire au roi pour lui demander la grâce de notre rebelle.

BLANCHE, lui montrant la table.

Voilà, voilà!...

LA DUCHESSE, à part.

Le roi... (S'arrêtant au moment d'écrire, à part.) Mais si Gaston s'obstinait, lui?... (Se levant, à part.) Je ne veux pas être la dupe de mes illusions!...

BLANCHE, avec anxiété.

Eh bien?...

LA DUCHESSE.

J'écrirai plus tard... Je veux voir Gaston d'abord!

BLANCHE.

Au fait, il peut tout.

LA DUCHESSE.

Vous m'approuvez, alors?...

BLANCHE.

D'autant plus qu'il va venir...

LA DUCHESSE.

Il est à Rennes?...

BLANCHE.

Au palais, Angelette vient de me l'apprendre; elle est allée le chercher.

LA DUCHESSE, posant la main de Blanche sur son sein.

Sens comme mon cœur bat!... Ai-je bien joué mon rôle quand je t'ai complimentée sur ton mariage?... Je n'ai point pâli... je souriais!... Tu me croyais ton amie, et je ne le suis qu'à dater de cet instant!

(Entre Angelette.)

ANGELETTE, à Blanche.

Monsieur le comte !

LA DUCHESSE, vivement.

Un instant. (A Blanche.) Vite, donnez-moi par écrit votre renoncement à son alliance... J'en aurai besoin pour le convaincre.

(Blanche se met à la table et écrit.)

LA DUCHESSE, à Angelette.

Tu as l'air bouleversé, petite?...

ANGELETTE.

Je suis ainsi depuis trois jours, madame la duchesse.

BLANCHE, remettant l'écrit à la Duchesse.

Tenez, duchesse, tenez!...

LA DUCHESSE, jetant les yeux sur le papier.

C'est cela... Maintenant, entrez là... vous m'entendrez, et vous verrez qu'on peut se fier à ma parole... (Blanche entre à gauche. — Elle s'assied, à Angelette.) Le comte peut venir... (A part.) Mon bonheur sera décidé dans un moment !

(La Duchesse prend la plume, avec laquelle elle joue.)

ANGELETTE, annonçant.

Monsieur le comte de Jussac !

SCÈNE VI

GASTON, LA DUCHESSE.

GASTON.

Vous, madame la duchesse?...

LA DUCHESSE.

Blanche va venir, asseyez-vous... — J'allais vous écrire.

GASTON.

Vous n'avez pas d'ami plus dévoué, duchesse, disposez de moi.

LA DUCHESSE.

J'agirai vis-à-vis de vous, Gaston, avec la même confiance qu'autrefois. Vous allez sûrement vous écrier que je suis folle; mais, comme vous êtes généreux, Gaston, meilleur que vous ne croyez, vous finirez par trouver ma demande naturelle.

GASTON.

Eh! bon Dieu, duchesse, qu'est-ce donc?...

LA DUCHESSE, lui prenant les mains.

Regardez-moi... là... bien en face... pour vous convaincre de l'importance de la prière que je vais vous adresser : Je vous demande la grâce de Guillery?...

GASTON.

Guillery!...

LA DUCHESSE.

Je vous ai dit que vous crieriez à l'impossible, vous y êtes. Mais voici le côté raisonnable et pratique : vous fermerez les yeux, une porte sera restée ouverte, mon protégé s'enfuira, et tout sera dit... ou, si vous aimez mieux, il aura percé un mur, ou limé les barreaux de sa fenêtre... Le moyen importe peu, pourvu que le résultat soit le même?...

GASTON, se levant.

Non!...

LA DUCHESSE.

Asseyez-vous donc!

GASTON, s'asseyant.

Mais y pensez-vous, duchesse?...

LA DUCHESSE.

Je crois que cette bonne action me portera bonheur. Quant à mon plan, il est d'une exécution connue : c'est celui que j'ai suivi en sauvant le chevalier d'Orbigny, et vous, en délivrant le marquis de Monteuil.

GASTON.

En vérité, duchesse, je ne comprends pas bien quel intérêt...

LA DUCHESSE.

Une idée de femme... J'ai attaché mon bonheur à la délivrance de ce malheureux.

GASTON, se levant.

Vous me le dites, je vous crois, duchesse... mais, vraiment, c'est impossible !

LA DUCHESSE.

Comte...

GASTON.

Cet homme devrait être fusillé à cette heure. Le retard que le lieutenant général a apporté à son supplice est déjà un tort. J'ai juré sa perte, il périra.

LA DUCHESSE, se levant.

Ah ! prenez garde, comte ; moi qui vous connais, je sens dans vos paroles moins le sentiment de la justice que l'expression de la haine.

GASTON.

Eh bien, oui, je le hais !

LA DUCHESSE.

Vous ne lui faites pas l'honneur, je suppose, de le haïr comme un rival ?

GASTON, tressaillant.

Un rival ?...

LA DUCHESSE.

Pas dans mon cœur, vous n'en avez jamais eu et n'en aurez jamais !

GASTON.

Vous ne parlez pas de mademoiselle de Penhoël ?...

6

LA DUCHESSE.

Pourquoi commettrais-je cette maladresse quand la rumeur publique s'explique pour moi ?

GASTON.

Mademoiselle de Penhoël, après tout, n'est pas responsable de l'insolence...

LA DUCHESSE.

On vous croirait jaloux !...

GASTON.

Je suis jaloux de l'honneur de la femme qui doit porter mon nom.

LA DUCHESSE.

Et que vous n'épousez que par ambition... vous me l'avez dit, du moins ?

GASTON.

Madame la duchesse, je vous ai trompée.

LA DUCHESSE.

Ah !... et dans quel but ?

GASTON.

Je me trompais moi-même. Enfin, que j'aie ou non recherché mademoiselle de Penhoël par calcul, mon cœur seul me rapproche d'elle maintenant : je l'aime !... J'avais besoin de vous en faire l'aveu pour me relever à mes propres yeux dans votre estime.

LA DUCHESSE.

A merveille ! Moi aussi, je veux être franche avec vous : lisez.

(Elle lui donne le papier.)

GASTON, avec une certaine crainte.

Qu'est-ce que cela ?

LA DUCHESSE.

Voyez...

GASTON, après avoir lu.

Notre mariage rompu! signé Blanche!... (Relisant et restant atterré.) Blanche!...

LA DUCHESSE, à part.

Comme il l'aime!... (Haut.) Et savez-vous à qui elle vous sacrifie?... à Guillery!... à un homme dont le nom est une épouvante... à un homme qui a dévasté nos contrées et pillé nos villes... à un homme que l'échafaud ou le gibet réclame!... Je suis vengée!... Adieu!

(Elle sort.)

GASTON, d'une voix sourde.

Guillery!... (s'animant.) Guillery!... (Avec explosion, en froissant la lettre.) Guillery!... Ah! cet homme! il m'a pris toutes mes espérances, tous mes rêves; il me prend ma vie! ah! je sentais bien qu'il devait mourir!... (Reculant devant Blanche qui vient d'entrer.) Blanche!

SCÈNE VII

GASTON, BLANCHE.

BLANCHE, lui prenant le papier des mains et le déchirant.

Je n'ai rien écrit, sauvez-le!...

GASTON.

Jamais!...

BLANCHE.

Je serai une femme dévouée et loyale, sauvez-le!...

GASTON.

Jamais!... jamais!...

(Il sort.)

BLANCHE, tombant assise.

C'est fini!... (Se relevant.) Non!... je le sauverai, moi!...

DEUXIÈME TABLEAU
La Forteresse de Rennes

Un préau.

SCÈNE PREMIÈRE

GUILLERY, LE GEOLIER.

(Au lever du rideau, Guillery est assis sur son lit. On entend clouer; puis entre Kérouec, geôlier; il porte une botte de paille qu'il pose près du lit; il regarde Guillery et, le voyant silencieux, il se retire après l'avoir de nouveau regardé.)

GUILLERY, seul.

Ce geôlier a parfois un drôle d'air en me regardant. (Examinant le lit de paille.) Eh! bon Dieu! que de fois me suis-je endormi les pieds dans l'herbe et la tête posée sur une pierre! (Se couchant.) Voilà!... (Il s'arrange pour dormir. On entend clouer.) Encore!... (Se mettant sur son séant et écoutant.) Toujours!... Condamné, c'est bien... Exécuté, c'est moins bien... Mais ce qu'il y a d'irritant et d'absurde, c'est d'entendre ainsi clouer éternellement sous ses talons. (Se levant.) C'est intolérable!... Je sais bien que si je disais poliment au geôlier : Monsieur le geôlier, qu'est-ce donc qu'on cloue ainsi avec acharnement?... il me répondrait : Monsieur de Guillery, c'est votre échafaud qu'on prépare... Belle conclusion, pour un homme qui n'a pas encore dormi!... Ah! le sommeil!... On oublie en dormant... et j'ai besoin d'oublier... non pas ma vie, non pas la mort, mais elle!... c'est-à-dire un rêve, à peine une espérance, une chimère, un mot...

(Le Geôlier entre.)

LE GEOLIER, à Guillery.

Le moine viendra.

(Il sort.)

GUILLERY, retombant dans sa rêverie.

Oui, un mot... Un mot qu'elle m'a jeté en passant, et qui

remplit mon cœur... Un mot échappé à la pitié ou à la peur, et qui fait vivre, et que je n'entendrai plus!... Je t'aime!... Voilà la mort!... elle est là, et non dans ces épaisses murailles de pierre, dans cet échafaud qu'on dresse, dans cette tête qui va tomber, dans la hache ou le billot, dans la corde ou la roue!... Je t'aime!... Elle me l'a dit!... Ah! si elle m'était apparue plus tôt!... Enfin!... On me permet de me réconcilier avec Dieu... Je m'humilierai... je me repentirai... Je la reverrai peut-être là-haut!... En attendant, dormons!... c'est autant de pris sur le souvenir. (Il se recouche. On entend ouvrir la porte du fond.) Il est dit qu'on n'aura pas un instant de repos, ici...

(Gaston et le Geôlier entrent.)

LE GEÔLIER, à Gaston.

Monsieur le lieutenant-colonel, voici le prisonnier.

GASTON, à part.

Ce n'est plus de la haine, c'est de la jalousie qui me monte à flots au cœur, à son aspect!

GUILLERY, à part.

Monsieur de Jussac!... Il assiste à mon petit coucher.

GASTON, à part.

Oh! Blanche, Blanche... Voyez ce que mon amour fait de ma dignité, et ce que je vais tenter pour vous plaire!...

(Le Geôlier sort.)

SCÈNE II

GASTON, GUILLERY.

GASTON, à part.

Il vivra, s'il me donne un prétexte pour le sauver. (Haut.) Monsieur...

GUILLERY, se retournant.

Monsieur?...

GASTON, avec hauteur.

Vous me reconnaissez, je crois... Je suis Gaston de Jussac, lieutenant-colonel, maître et seigneur dans cette forteresse!

6.

GUILLERY.

Mais l'état où je suis, monsieur le comte, n'affirme pas le contraire.

GASTON.

Allons, debout !

GUILLERY.

Un prisonnier, monsieur le comte, a le droit de se coucher... et j'en ai usé ; de dormir... et j'en use...

(Il se retourne.)

GASTON, à part.

L'insolent !

GUILLERY, s'asseyant.

On m'a fait l'honneur de me prévenir tout à l'heure que je serai décapité au premier sourire de l'aurore... est-ce changé ?... Ou voudrait-on me faire passer à la question ?... (Se levant.) Ah ! diable ! ceci, je l'avoue, me déplairait. A cela près, monsieur, je suis votre humble serviteur.

GASTON.

Vous me croyez votre ennemi ?

GUILLERY.

Vous auriez tort de ne pas l'être.

GASTON.

Et si je ne l'étais plus ?

GUILLERY.

Ce serait invraisemblable.

GASTON.

Et si je voulais vous sauver ?

GUILLERY.

Que gagneriez-vous à cela ?

GASTON.

Je veux que vous me soyez redevable de la vie, par pure bizarrerie, voilà tout. Soumettez-vous, demandez votre grâce au lieutenant général, je m'engage à l'obtenir.

GUILLERY.

A lui?

GASTON.

Écrivez !...

GUILLERY.

Le fils se souvient des derniers moments de sa mère... Ma mère est morte ensevelie sous les débris de sa maison en flammes, et ce sont les mercenaires de cet homme qui y ont mis le feu!

GASTON.

Vous refusez?

GUILLERY.

Je couperais ma main, si elle pouvait consentir à cette lâcheté!

GASTON.

Il n'est pas responsable de votre malheur.

GUILLERY.

Il était présent !... Vous avez le secret de toute ma haine... Le fils ne suppliera pas le meurtrier de sa mère.

GASTON.

Je ne veux pas que vous vous perdiez. Des révélations peuvent vous sauver!

GUILLERY.

Les Guillery n'ont pas de ces échappées devant la mort; je vous ai fait une guerre de partisans qui ressemblait à une guerre de bandits, je le veux bien; nos représailles étaient presque des cruautés, j'y consens; mais, vive Dieu! j'étais un homme, non un lâche; un soldat, non un voleur; je ne vidais pas les poches, je pillais les villes; vos gros sous m'étaient sacrés, si vos forteresses me tentaient. J'élevais le pillage, enfin, jusqu'à la conquête, la tuerie jusqu'à la gloire. Je vous dis tout cela, monsieur, pour vous faire comprendre qu'entre notre ancien chef, le duc de Lorraine, et moi, la différence n'est pas grande : il commandait, en Allemagne, à quarante mille hommes, et moi, en Bretagne, à trois mille, voilà tout. J'ajouterai enfin que nous sommes gentilshommes, de sang breton, nés Guillery; et que nous sommes tous, de celte même couvée de faucons qu'il faut écraser ou respecter!... Ceci dit, continuez.

GASTON.

Des révélations seules peuvent vous sauver; votre liberté n'est possible qu'à ce prix !

GUILLERY.

Vous l'ai-je demandée?

GASTON.

La mort n'est rien, mais l'infamie du supplice?...

GUILLERY, se dominant.

N'aurai-je pas la tête tranchée?

GASTON.

Non.

GUILLERY.

Ah!... Je serai pendu?...

GASTON.

Pas même cela!

GUILLERY.

Roué?... A merveille... On traite un chef de partisans comme un chef de voleurs : l'avenir jugera.

GASTON.

En attendant, vivez.

GUILLERY.

Çà! pourquoi, tout d'un coup, préférez-vous la tête de mes compagnons à la mienne, qu'on disait seule redoutable?... quel intérêt avez-vous donc à me sauver?... Mademoiselle de Penhoël vous aurait-elle demandé ma grâce?...

GASTON.

Pourquoi l'aurait-elle fait?

GUILLERY.

Qui sait, elle a peut-être exagéré le service que je lui ai rendu?...

GASTON.

Elle ne m'a rien dit.

GUILLERY.

Rien?... Alors, c'est vous... (A part.) Oh! l'horrible pensée!... (Haut.) Je vous devine. Vous vous dites que mademoiselle de Penhoël vous saurait gré d'être allé de vous-même au-devant de sa reconnaissance... qu'une jeune fille comprend la pitié... qu'elle vous aimera de votre clémence... et qu'à tout prendre, le pardon plaidera mieux pour vous qu'une tête coupée qui pourrait vous éclabousser en tombant?... C'est bien cela, n'est-ce pas?... Eh bien, je n'ai que ma mort pour me venger, je la garde!... Comprenez-vous, mon gentilhomme? (Dédaigneusement.) Allons, appelez vos bourreaux, je suis prêt!

GASTON, à part.

Il m'a deviné l'infâme!... (Le Geôlier entre suivi d'un moine. — Gaston montrant le moine à Guillery.) Vous n'avez désormais à compter que sur la clémence de Dieu.

(Il sort.)

GUILLERY, à lui-même.

Oui, je m'humilierai... je me repentirai... et je la reverrai peut-être là-haut!

LE MOINE.

Je vous écoute, mon fils. (Bas.) Je suis Guillaume!... Ne bouge pas, le geôlier nous observe!

SCÈNE III

GUILLERY, GUILLAUME, LE GEOLIER, dans le fond.

GUILLAUME.

Incline-toi, et écoute... (Ils sont debout côte à côte. — Guillaume, bas à Guillery.) J'ai pris la place du moine en le menaçant de mettre le feu à son couvent s'il me trahisssait... Approche un peu. Quarante des nôtres sont entrés déguisés cette nuit dans la ville. Ils sont résolus à tout tenter, à tout braver pour te sauver. Je les commande.

GUILLERY.

Cette forteresse est imprenable...

GUILLAUME.

C'est notre affaire.

GUILLERY.

Mais, malheureux...

GUILLAUME.

Tu vas nous trahir!...

GUILLERY.

Mais la mort est certaine!...

GUILLAUME.

Nous le verrons bien.

GUILLERY.

Et que dirait notre mère là-haut, si j'acceptais ton sacrifice?...

GUILLAUME.

Si nous mourons, elle ouvrira ses bras pour nous recevoir.

GUILLERY.

Je refuse.

GUILLAUME.

Je ne te consulte pas; je te préviens d'un fait, voilà tout. (Mouvement de Guillery.) Pour Dieu, contiens-toi!

GUILLERY.

J'aurais fait ce que tu fais, tu peux parler.

GUILLAUME.

A minuit, nous commencerons l'attaque. Prends cette arme... (Il lui passe un couteau.) Tu t'en serviras pour t'ouvrir un passage jusqu'à nous, ou pour mourir si nous succombons. Tu ne monteras pas sur un échafaud, au moins. Allons, prends!

GUILLERY, prenant l'arme.

Merci.

(La nuit arrive.)

GUILLAUME.

Tu seras prévenu de l'attaque par la fanfare des Guillery.

GUILLERY.

Au revoir.

GUILLAUME.

Au revoir.

(Il s'éloigne.)

GUILLERY, se retournant.

Vous ne m'avez pas embrassé, mon frère !...

(Ils se jettent dans les bras l'un de l'autre et restent un instant embrassés.)

GUILLAUME.

Au revoir !

GUILLERY.

Au revoir !...

(Guillaume va pour s'éloigner et s'arrête en apercevant la porte du fond, qui s'ouvre et laisse passer un conseiller et le greffier de la prévôté, entourés d'hommes portant des torches.)

GUILLAUME, à part.

Qu'est-ce que cela ?...

SCÈNE IV

LES MÊMES, LE CONSEILLER, LE GREFFIER, LES HOMMES.

LE CONSEILLER.

Jean Guillery, dit le compère ?...

GUILLERY.

C'est moi.

(Le Greffier prépare la plume et l'encre; le Conseiller déroule un parchemin sur la table.)

GUILLAUME, à part.

Aurait-on avancé l'heure fatale ?

LE GEOLIER, à Guillaume.

Il faut vous éloigner, venez.

GUILLAUME.

Mais...

LE GEOLIER.

Il le faut, il le faut.

(Il le met à la porte.)

LE CONSEILLER, à Guillery, en lui montrant le parchemin.

Votre signature... là.

GUILLERY, prenant le parchemin.

Le procès-verbal?... Je croyais que l'exécution n'était que pour demain, monsieur?

LE CONSEILLER.

Elle est avancée.

GUILLERY.

Ah!...

LE CONSEILLER.

Ce sera dans deux heures.

(Guillery signe; tous sortent, excepté le geôlier, qui reste au fond.)

GUILLERY, les suivant des yeux.

Dans deux heures!... (Regardant son poignard à la dérobée.) La lame est bonne... j'aime mieux en finir ainsi... Ils se seraient tous fait tuer, mon pauvre Guillaume avec eux!... (s'asseyant.) Dans deux heures, je ne serai plus qu'un souvenir pour Blanche!... (rêvant.) Que sera-t-elle pour moi?... Vit-on au delà de la tombe?...

(Il reste absorbé. — Arrive mystérieusement un gardien : c'est Eustache; il tient un paquet à la main.)

SCÈNE V

GUILLERY, LE GARDIEN.

LE GARDIEN, appelant le Geôlier.

Psst!... (Bas au Geôlier, qui va à lui.) J'ai la clef de la poterne.

LE GEOLIER.

Bien.

LE GARDIEN.

La dame est là.

(Il pose son paquet dans un coin.)

LE GEOLIER.

Mon argent?

LE GARDIEN.

Voici.

LE GEOLIER.

La somme est assez ronde pour nous risquer, mais il faut décamper sur-le-champ?...

LE GARDIEN.

Trois chevaux sont en bas... deux pour nous, l'autre pour le prisonnier!

LE GEOLIER.

Allons, qu'elle entre.

(Le Gardien introduit Blanche.)

SCÈNE VI

Les Mêmes, BLANCHE.

LE GEOLIER, à Blanche.

Vous avez dix minutes.

LE GARDIEN, montrant le paquet.

Voici les habits.

BLANCHE.

Bien! bien!...

(Elle se met à défaire le paquet)

LE GARDIEN, se penchant vers elle.

Vous nous retrouverez à la poterne.

LE GEOLIER, de même.

Vous sortirez par là, et vous irez tout droit devant vous...le reste nous regarde...

BLANCHE, développant un manteau.

Bien, bien!...

(Les deux hommes sortent.)

SCÈNE VII

GUILLERY, BLANCHE.

BLANCHE, courant à Guillery et lui posant le manteau sur les épaules.

Vous êtes sauvé!

GUILLERY, se retournant.

Blanche!...

(Blanche va au fond et revient avec un feutre et une épée.)

BLANCHE.

Tenez, prenez, partez!... Oh!... vous me remercierez plus tard!... Par cette porte... vous irez tout droit... La poterne est ouverte... vous trouverez des chevaux... (Lui tendant la main.) Allons, adieu!...

GUILLERY.

Non, je ne rêve pas!...

BLANCHE, écoutant.

Attendez!... ce n'est rien!... Le temps presse, nous n'avons que dix minutes, dépêchez-vous!...

GUILLERY, avec joie.

Ah! je peux mourir maintenant!

BLANCHE.

Mourir?... mais il n'est pas question de cela, Dieu merci! Vous êtes libre!

GUILLERY, gravement.

Libre?... Voyons, Blanche, croyez-vous que ce soit vraiment possible?...

BLANCHE.

Je me suis donc mal expliquée?... Que voulez-vous, j'ai la

tête perdue !... Oui, vous êtes libre !... On vous attend !...
Nous n'avons que dix minutes, mon ami... Oh ! partez ! partez !...

GUILLERY.

Vous ne m'avez pas compris, Blanche. Je vous aime à
ne plus pouvoir vivre loin de vous !... Si je pars, je reviendrai !... Vous voyez, je ne ferais que retarder ma mort !...
Oh ! écoutez-moi... Si je meurs aujourd'hui au contraire, je
m'en irai content... j'aurai cru à votre amour... je vous aurai revue avant ma dernière heure... j'aurai senti que vous
étiez bien à moi, tout à moi, et qu'entre votre âme et la
mienne le bonheur n'avait pas laissé de place, même aux
remords !... Mais si je vis... Oh ! écoutez, écoutez-moi !...
Mais je vivrai le cœur aigri, tourmenté, ulcéré, brûlé par la
jalousie et la haine !... J'aurai assez vécu pour vous voir la
femme d'un autre !...

BLANCHE.

Je me retirerai dans un couvent !...

GUILLERY.

Pauvre candide jeune fille, qui ne sait pas la violence de
nos passions !... Mais je serais jaloux même de Dieu, moi !...
Mais je me dirais que votre amour vous faisait horreur, et
que vous vous êtes ensevelie vivante dans un cloître pour
mettre cette tombe entre votre cœur et l'homme que vous
méprisiez !...

BLANCHE, perdant la tête.

Oh ! mon Dieu ! mon Dieu !...

GUILLERY, avec amour.

Mais je meurs heureux !... mais je meurs radieux, comme
l'ange déchu que vous auriez pu repousser dans les ténèbres,
et que vous avez sauvé !... mais je meurs en vous bénissant....
(Tombant à ses pieds.) tenez, comme une sainte, mains jointes, à
genoux, à vos pieds, l'âme rayonnante et le cœur épanoui de
joie !..

BLANCHE.

Eh bien, partons ensemble; venez!...

GUILLERY, se levant.

Vous?...

BLANCHE.

Oui, moi!... Eh! n'ai-je pas fait déjà litière de mon nom, de ma dignité, de mon cœur!... Venez, venez!...

GUILLERY, l'entraînant.

Ah!... c'est la vie!... (s'arrêtant.) Mais... non!...

BLANCHE, éperdue.

Mon Dieu!... mais qu'est-ce donc encore?... Mais la mort est là... à deux pas... derrière nous!...

GUILLERY.

Vous ne résisteriez pas à nos fatigues!...

BLANCHE.

Je suis forte!...

GUILLERY.

Tu ne connais pas notre vie, chère enfant!... vie de périls et d'audace... à travers les rochers... à travers les bois... à travers les landes, les ravins, les montagnes... attaquant, attaqués... l'épée au poing et le mousquet sur l'épaule!... Et tu subirais cette vie, toi!... Mais regarde tes pieds d'enfant!... Et je t'emmènerais dans nos repaires!... nous, bandits, et que l'on traque!.. lions, et que l'on tue... Vrai Dieu! non, je t'aime trop pour cela!

BLANCHE.

Quelle existence me laissez-vous?... La honte, l'opprobre, le déshonneur!... Mais, en sortant d'ici, on chuchottera sur mon passage... mais en rompant mon mariage, on me montrera au doigt... mais, en m'ensevelissant dans un couvent, on rira!... Oh! je sais tout cela!... je le savais!... mais j'ai tout accepté pour te sauver!... j'ai donc le droit de te dire devant la mort et devant Dieu : Je suis ta femme!...

GUILLERY, la prenant dans ses bras.

Oui, à jamais unis! oui! oui!... Ah! tu sauras ce que c'est que cette main qui doit te défendre désormais!... (On entend la fanfare des Guillery. Guillery, levant son poignard.) Ah! le signal!... Nous ne serons pas seuls! Viens, viens!...

(Il l'entraîne.)

FIN DU SEPTIÈME TABLEAU

ACTE CINQUIÈME

HUITIÈME TABLEAU
Le Serment

Le château de Guillery. — Une salle avec trophées appendus aux murailles ; des meurtrières dans les murs ; une grande fenêtre ogive formant baie au fond à droite ; une petite porte conduisant au dehors ; une porte d'entrée ; une grande table servie, à gauche, occupée par des Convives.

SCÈNE PREMIÈRE

ROBERT, GUILLAUME, CHRISTOPHE, DES SOLDATS, UN MÉDECIN.

(Ils sont attablés ; très-animés ; le festin tourne à l'orgie. — Avant le lever du rideau on entend chanter. – Le rideau se lève au milieu du chant.)

GUILLAUME, chantant.

Elle arrive de Pau ;
Pieds vifs, tournure étrange,
De longs cils, mais la peau
Jaune comme une orange.

TOUS.

Jaune comme une orange.

(Ils s'accompagnent, qui de leurs verres, qui de leurs couteaux.)

GUILLAUME, chantant.

Sa taille, frais roseau,
Vingt ans dans un corps d'ange,
Se cambre dans sa peau
Jaune comme une orange.

TOUS.

Jaune comme une orange.

GUILLAUME, chantant.

Que n'es-tu là, cerveau
Qu'un jupon court dérange,
Tu rêverais de peau
Jaune comme une orange.

TOUS.

Jaune comme une orange.

(A ce moment on sonne du cor à l'extérieur; tous s'arrêtent et écoutent. — On sonne une deuxième fois.)

GUILLAUME, posant vivement son verre sur la table.

Qu'est-ce que ça?... (Se levant et allant regarder par la fenêtre.) C'est Christophe ! (A un des domestiques.) Vite, à la chambre de manœuvre... Soulève le pieu à croix rouge de la sarracinesque, et donne-lui passage, va...

(Le Domestique sort.)

ROBERT, tendant son verre.

J'ai le gosier plus sec que le désert africain; à boire !...

(Il tend son verre.)

PREMIER PARTISAN.

Et moi, plus aride que les sables d'Égypte; à boire !...

(Il tend son verre; on lui verse à boire. — Le Médecin se lève.)

ROBERT, au Médecin.

Allons, mon vieil Esculape, un dernier verre de vin pour nous faire honneur.

LE MÉDECIN, se levant.

Non, ce serait du temps mal employé, et je n'en ai pas à perdre avec la quantité de blessés que nous avons. (Il va prendre sa canne et son chapeau; à Guillaume, en passant.) Où est le Compère?...

GUILLAUME.

Il se promène dans les jardins avec sa femme...

LE MÉDECIN, prenant sa canne et son chapeau.

Ah !...

GUILLAUME, montrant la fenêtre.

Au soleil, comme des lézards... Malgré quatre mois de mariage, la lune de miel continue, regardez.

LE MÉDECIN, à part.

La lune de miel!...

ROBERT, tendant encore son verre.

Vive Dieu! nous nous sommes assez battus depuis quatre mois... depuis cette fameuse évasion de la forteresse de Rennes, pour boire un peu... Allons, verse, mort de ma vie, verse!

GUILLAUME, retenant le Médecin.

Pourquoi avez-vous secoué tristement la tête tout à l'heure?

LE MÉDECIN.

Regardez Blanche?...

GUILLAUME.

Elle paraît souffrante, oui, après?

LE MÉDECIN, gravement.

Vous vous apercevez qu'elle est souffrante, vous, ils ne s'en doutent pas, eux. (Éclats de rire.) Eh bien! il y a des choses dont vous ne doutez pas non plus.

ROBERT, au page.

Verse!

LE MÉDECIN, à Guillaume.

Nos fatigues, nos craintes, ces quatre mois d'émotion l'ont achevée.

GUILLAUME, tressaillant.

Blanche!

LE MÉDECIN, posant son doigt sur la poitrine de Guillaume.

Son mal est là...

GUILLAUME.

Elle est perdue?

ROBERT, à Guillaume.

Tu ne manges plus, Guillaume?

GUILLAUME.

Non!... (Au Médecin.) Elle est donc perdue?...

LE MÉDECIN.

Elle s'éteindra, en remontant dans sa chambre peut-être;
—en vous parlant;—en souriant à Guillery... C'est une feuille,
que le premier souffle du printemps emporte!...

(Éclats de rire des convives.)

GUILLAUME, anéanti.

Mon pauvre frère!...

LE MÉDECIN.

Je vais voir mes blessés.

(Il sort. — Entre Christophe.)

SCÈNE II

Les Mêmes, CHRISTOPHE.

CHRISTOPHE, entrant.

A table?...

ROBERT.

Le repas des dieux!... Jupiter et Junon se promènent dans
les jardins; mais, vive Dieu! nous craignons de nous enrhumer,
nous, et nous nous réchauffons au vin vieux!...

CHRISTOPHE.

Mais vous ne savez donc pas ce qui se passe?... On a formé
une double compagnie de troupes réglées, qui vont se mettre
en campagne contre nous.

ROBERT, buvant.

Connu.

CHRISTOPHE.

Nous serons bientôt attaqués!

7.

ROBERT, buvant.

Encore une nouvelle qui a des rides... Elle est vieille de deux heures... Guillaume vient de nous l'apprendre.

CHRISTOPHE.

Le Compère est-il prévenu?

ROBERT.

Eh! sans doute! mort de ma vie! sans doute! Allons, mets-toi là... C'est peut-être notre dernier repas!... Mange et bois, c'est encore la meilleure cuirasse qu'on se puisse mettre alentour du corps.

CHRISTOPHE.

Par Notre-Dame, ce n'est pas de refus.

(Il se met à la table, boit et dévore.)

GUILLAUME, à part.

Pauvre Blanche! pauvre frère! Je les vois encore au fond de cette petite église de village : une fois mariés, ils se sont regardés comme s'ils venaient de conjurer le malheur pour toujours!... Oh!

(Il reste absorbé.)

ROBERT, la bouche pleine.

Donc, mon bon Christophe, nous allons être traqués comme des loups?...

CHRISTOPHE, mangeant.

Inévitablement.

ROBERT, montrant la forteresse.

Heureusement que la tanière est bonne!... On peut encore manger son pain et boire son vin en paix!—Ils y ont mis de l'acharnement, cette fois. — Nous avons laissé de notre sang à tous les buissons, de nos morts sur toutes les routes!... ici et là!... Dans la plaine, bataille!... dans la montagne, bataille!... Mais, vrai Dieu! notre dernière forteresse est solide, et nous n'en sortirons que vainqueurs ou morts!—A ta santé, Christophe!

(Ils trinquent.)

GUILLAUME, à part.

Ils rient comme je riais.

CHRISTOPHE, se levant.

Une dernière rasade! au compère Guillery!...

GUILLAUME, se levant et prenant une coupe.

A Blanche!

ROBERT, levant son verre.

A ceux qui ne sont plus!...

(Depuis un moment Blanche et Guillery sont entrés. Blanche est vêtue de blanc ; elle est appuyée sur l'épaule de Guillery; elle marche avec effort. Guillery ne la quitte pas des yeux ; il est triste.)

SCÈNE III

LES MÊMES, BLANCHE, GUILLERY.

BLANCHE, prenant un des brocs de vin et versant à boire aux convives.

C'est un toast sacré!... oui, buvez!

ROBERT, tendant son verre.

Versez, ma sœur, versez... Jamais roi n'a eu d'échanson pareil!...

(Blanche leur verse à boire.)

GUILLERY, à part, en suivant Blanche des yeux.

Hélas!

GUILLAUME, bas, à Guillery.

Tu as l'air triste, frère.

GUILLERY.

Non.

(Blanche remplit une coupe et vient l'offrir à Guillery.)

BLANCHE, présentant la coupe à Guillery.

Buvez aussi... il ne faut pas oublier ceux qui s'en vont.

GUILLERY, levant la coupe.

A nos morts!

(Tout le monde boit. — On enlève la table; chacun reprend ses armes et sort.)

GUILLAUME, à part, en regardant Blanche.

Elle s'éteindra comme un souffle... en souriant peut-être...
Horrible!... horrible!...

(Il sort en essuyant une larme.)

ROBERT.

Maintenant, à nos postes!

(Il sort.)

GUILLERY.

Elle lutte, la pauvre femme, elle lutte! Ah! maudite soit
l'heure où j'ai lié sa vie à la mienne!

SCÈNE IV

BLANCHE, GUILLERY.

BLANCHE, lui prenant le bras.

Cette promenade m'a fait du bien!...—Seule avec vous par
cette belle journée de printemps!...—La guerre ne nous a pas
fait souvent ce bonheur... (Tout en parlant elle le conduit vers la fenêtre.)
Oui, j'étais heureuse... toute cette nature nous souriait... en
passant sur le pont du Mont-Diable, j'écoutais avec ravissement
cette eau qui grondait doucement sous nos pieds... je me suis
plongée avec délices dans ces grandes herbes mystérieuses qui
m'enveloppaient... et ces deux grands arbres pleins d'ombre
sous lesquels nous nous sommes reposés, qu'il serait doux de
se sentir là, pour toujours! Tiens, on les voit d'ici!... leurs
cimes sont comme incendiées par les derniers rayons du soleil
couchant .. Comme c'est beau!... regarde .... Le soleil a si peur
qu'on l'oublie, qu'il donne une fête à la terre en s'éloignant...
N'est-ce pas?...

GUILLLERY.

C'est vrai.

BLANCHE, s'appuyant à son bras.

Et sais-tu la pensée qui m'est venue là-bas et qui me poursuit en ce moment?... Je ne voudrais pas vous attrister, mon ami... c'est une idée d'enfant... un caprice de malade... Je voudrais être ensevelie au pied de ces deux arbres... ensevelie par vous, et que vous sachiez seul où est ma tombe... Me le promettez-vous?

GUILLERY, s'efforçant de rire.

Méchante, quelles sont ces idées?

BLANCHE, gravement.

Me le jures-tu?...

GUILLERY.

Oui.

BLANCHE.

Oh! merci!... Maintenant, venez vous mettre là... à mes pieds .. (Elle s'assied.) Je le veux, monsieur... Vous êtes redouté, mon lion, et j'aime à savoir que je vous ai dompté... Je vous aime!

GUILLERY.

Quelle vie je vous ai faite, Blanche!

BLANCHE.

Je vous aime!...

GUILLERY.

Une vie de dangers, de tourments, de luttes!... Vous, si délicate!... Vous, à travers nos bois, comme une bohémienne!

BLANCHE, lui prenant la tête et lui baisant le front.

Je vous aime!... (Portant la main à son cœur en étouffant un cri.) Ah!...

(Elle se lève.)

GUILLERY.

Mon Dieu! qu'est-ce donc?...

BLANCHE, allant à la fenêtre.

Oh! de l'air!...

GUILLERY.

Tu pâlis! tu souffres!...

BLANCHE, se remettant.

C'est fini!... J'ai cru mourir! mais rassure-toi... Ne me
suis-je pas déjà évanouie plusieurs fois dans tes bras?...

GUILLERY.

Rentrons!...

BLANCHE.

Non, on respire mieux ici. — La mort est moins triste au
printemps, vois-tu, quand les fleurs poussent, que sous un
ciel noir et sur une terre blanche de neige!...

GUILLERY.

Mon Dieu, Blanche, mais pourquoi ces sombres pensées?...

BLANCHE.

Est-ce qu'on sait?... L'âme rêve, les lèvres s'agitent, et
l'on parle!... Approche!... plus près!... M'aimes-tu?...

GUILLERY.

Mais ta main est glacée!...

BLANCHE.

Mes deux arbres, ne les oublie pas!...

GUILLERY.

Blanche!...

BLANCHE.

Une simple croix, et pour toi seul!...

(Elle se laisse aller sur le versant de la fenêtre et reste sans mouvement.)

GUILLLERY.

Ah! la pauvre enfant!... Encore évanouie!... (Lui prenant les
mains avec anxiété.) Blanche!... Blanche!... Oh! ce n'est... ce
n'est sans doute rien, je l'ai vue si souvent ainsi!... Mais que

faire?... Je voyais bien que cette promenade lui faisait mal!...
(Se souvenant.) Ah!... (Il tire un flacon de sa poche.) Ce flacon!... c'est
le sien!... Je l'ai ainsi rappelée plus d'une fois à la vie!... (Il
le lui fait respirer.) Voyons, ma chère Blanche, reviens à toi!...
Rien!... rien!... (Marchant à grand pas.) Ah! mon Dieu!.. (Appelant.)
Du secours!... du secours!... Mais non, je suis fou... on ne
meurt pas ainsi!... Ah!... (Criant.) A moi!... Du secours!... Elle
est morte!... (Courant à Blanche.) Blanche!... Blanche!... (Tombant
anéanti.) Terre et cieux! elle est morte!

(On entend au loin des cris : « Aux armes! à la re cousse!... Aux armes! aux armes! »
puis les Guillery, suivis de soldats, se précipitent dans la salle.)

SCÈNE V

GUILLERY, GUILLAUME, ROBERT, CHRISTOPHE,
LES SOLDATS.

ROBERT, à Guillery.

Frère, aux armes, l'ennemi approche!...

CHRISTOPHE.

Frère, à ton poste, l'ennemi nous attaque!...

GUILLAUME.

Debout, frère! tu es le chef, tu dois être au premier rang!...

GUILLERY, montrant Blanche en sanglotant.

Vos cris ne l'ont pas réveillée, elle est bien morte, vous
voyez?...

TOUS.

Blanche!...

GUILLERY.

Oui, c'est elle, mes amis, c'est elle!...

(Il pleure.)

GUILLAUME, ému.

Eh bien, que veux-tu?.. Il faut la venger; viens!...

GUILLERY, anéanti.

Non... j'ai à l'ensevelir d'abord !...

ROBERT, s'emportant.

Mais l'ennemi est là !...

GUILLERY.

Qu'importe !...

ROBERT.

Dans le château, presque !...

GUILLERY.

Défendez-vous !...

TOUS.

Oh !...

(Murmure prolongé.)

ROBERT, aux soldats.

Il nous abandonne, vous voyez ?... (A Guillery) Lâche, lâche !...

GUILLAUME, tirant son épée.

Pas d'insulte, où je tue !... (A Guillery, avec prière.) Voyons, frère, sauve tes soldats, sauve-nous !...

GUILLERY, se redressant et retenant Blanche sur son cœur.

Je vous ai dit que j'avais à l'ensevelir d'abord... ma mission accomplie, je reviendrai...

GUILLAUME.

Viens !... je t'aiderai !...

GUILLERY.

Je dois être seul !... Donc, vous me voulez encore pour chef ?...

TOUS.

Oui, oui !...

GUILLERY, embrassant Blanche en pleurant.

Ma pauvre Blanche !... (Aux Soldats.) Même des enfants tiendraient ici vingt minutes sans danger... Je vous demande vingt minutes ?...

TOUS.

Vive le capitaine!... vive le capitaine!...

GUILLERY.

Que ceux qui veulent vivre s'en aillent, et que ceux qui veulent mourir approchent!... (Tous se serrent autour de lui.) Bien, pas un ne manque à l'appel!... Toi, à la Sarrazine... Toi, à la tour portière... Toi, au moucharabi... A la chambre de manœuvre, toi! et aux meurtrières, vous autres!... Que les balles pleuvent, que les pierres roulent, que la forteresse s'écroule s'il le faut, mais que personne ne recule...

TOUS.

Oui!... oui!...

GUILLERY, serrant Blanche contre son cœur.

Blanche, Blanche, tu ne m'entends plus!... (Aux Soldats, avec une colère mêlée de larmes.) Je reviendrai, et je vous ferai une cuirasse de ma poitrine, une égide de ma volonté!... Je reviendrai, mais cette fois avec la fureur du fils dont on a tué la mère, et de l'époux dont on a fait mourir la femme, et à qui on ne laisse pas le temps de l'ensevelir!... Mort de ma vie! je reviendrai!... et si jamais tigre ou lion a été terrible, ce sera moi... Moi, votre chef... moi, votre aîné... moi, à qui il faut une hécatombe sanglante!... (On entend au loin la fusillade.) Entendez-vous?... ils viennent d'eux-mêmes au-devant de leur châtiment!... A vos postes, compagnons, à vos postes!.... (Emportant Blanche.) Viens, Blanche, viens ma pauvre et bien-aimée Blanche, viens!

(Il l'emporte. Les autres sortent en agitant leurs épées.)

TOUS, criant.

Aux armes!... aux armes!...

FIN DU HUITIÈME TABLEAU

NEUVIÈME TABLEAU
Le Pont du Mont-Diable

Le théâtre représente un site agreste coupé par un immense torrent ; à gauche, un sentier conduisant à un pont jeté sur le torrent ; à droite, un ravin profond avec deux grands arbres. — Tout au loin le château de Guillery.

SCÈNE PREMIÈRE

(Au lever du rideau, explosion. — Guillery est sur les premières marches du pont, avec Blanche dans ses bras.)

GUILLERY.

On me poursuit !... — Voici les deux arbres ! Arriverai-je ? (Il franchit quelques marches. —Un coup de feu. — Guillery, s'arrêtant.) Ah ! (Il se retourne ; il a été atteint au front. — Reprenant sa marche.) Mon Dieu, protégez-moi !

(Il arrive à la tête du pont. En ce moment, du côté opposé, s'élance un soldat : il tire sur Guillery sans l'atteindre ; Guillery l'abat d'un coup de pistolet ; le soldat tombe dans le torrent. — Guillery poursuit sa marche, traverse le pont ; derrière lui arrive un sergent, l'épée haute ; Guillery se retourne, le renverse d'un coup de pistolet et poursuit son chemin jusqu'au fond du ravin, où il dépose Blanche.)

LE SERGENT, criant.

A moi, soldats ! par ici! (Aux soldats qui accourent, en désignant le ravin où est Guillery.) Là, là !

(Les soldats font feu.)

GUILLERY, chancelant.

Ah ! ils ont touché au cœur, cette fois ! Blanche, nous voilà réunis... réunis pour toujours !

(Il tombe près de Blanche.)

FIN

PARIS. — IMPRIMERIE DE ÉDOUARD BLOT, 46, RUE SAINT-LOUIS

www.ingramcontent.com/pod-product-compliance
Lightning Source LLC
Chambersburg PA
CBHW060813250626
47162CB00005B/1779